그래서 쓰겠습니다

그래서 쓰겠습니다

이태식

생각나눔

목

차

작가의 말

　　　　　나는 나이 드는 게 무섭지 않다. 그 단계는 이미 지난 것 같다. 자꾸 "세월이 너무 빨라!" 그래 봐야 세월을 늦추는 것도 아니고 나만 괴롭다. 그냥 이제 빠름을 받아들였다. 나는 이 년 있으면 예순이다. 환갑이 된다. 그리고 지금까지 이걸 포함해 책, 네 권을 냈고, 시집은 두 번째다. 이번 시는 네 가지로 크게 분류해 썼다. '기질'과 '욕망'과 '현상'과 '통찰'이다.

'기질'은 자기만 가진 성질이다. 잘 바뀌지 않는 거다. 그게 싫어 바꾸려 해도 잘 안 되는 거다. 자기와 함께 인생을 가는 거다. 동반자인 것이다. 자기는 전과 다르게 뭔가 바뀐 거 같은데 남이 보기엔 여전히 그대로인 것. 기질적으로 나는 책에 빠져 산다. 내가 책을 좋아하는 건 고질병이다. 그래서 계속 읽고 쓸 수밖에 없다.

'욕망'은 인간 생명과 함께하는 것 같다. 욕망이 있다는 건 살아 있다는 증거다. 그게 사라지면 죽은 것이다. 내가 보기에 인간은 의식하고 자살하는 유일한 동물이라고 생각하는데, 이걸 극복하는 건 바로 욕망 때문이 아닐까. 이게 없다면 자살하거나 혹은 죽은 후일 것이다. 자살이나 죽음을 방지하려고 인간에게 욕망이 생명과 함께 존재하는 건 아닐까. 살기 위해 인간 스스로 본능적으로 만든 것일 수도 있고. 저절로 생기는 건 없는 법이니까.

'현상'은 지금의 상황이다. "지금, 무슨 일이 일어나고 있지?" 하며 내 주변을 살핀다. 세태이기도 하고 트렌드나 유행이기도 하다. 그게 바람직하거나 아니거나. 애를 낳지 않고 혼자 사는 비율이 증가하고 반려동물이 인간보다 나은 대접을 받고 노인 인구가 증가하는 추세. 이것저것 현실을 정확히 진단해야 살아갈 궁리를 하는 거 아닌가. 솔직히 모든 대책은 삶을 버텨내려는 수단 아닌가.

'통찰'은 자기가 살며 어떤 것을 겪었거나 느꼈을 때 그것을 몇 마디로 정리한 거다. 자기 생각의 결집. 자기만의 생각인데, 남에겐 오류일 수 있어도 자기에겐 거의 언제나 들어맞는 자신만의 진리라고나 할까.

나는 벌써 나이가 적은 건 아니지만 앞으로 살아갈 자세를 대충이라도 세워놓고 살고 싶다. 그래야만 편하고 좀 덜 불안할 거 같아서다. 한쪽만 하는 것은 불가능하고 둘 중 한쪽에 유달리 치우치며 살 수는 있을 것이다. 아래 질문 중 어느 한쪽에 치우쳐.

일상에서 나이에 따라 그저 다른 사람처럼 살 것인가, 아니면 내 이상에 좀 더 중점을 두고 의미와 보람을 갖고 살 것인가? 후자를 택하겠다. 아마 이것도 내 기질의 어떤 작용일 거 같은데, 나는 의미 두기와 보람 같은 걸 굉장히 따지는 편이다. 사람들이 "그냥 사는 거지, 뭘 골치 아프게 그런 걸 따지며 사냐?" 하는데 그건 자기도 그게 없으면 잘살지 못하면서 그걸 자신도 가지고 있으면서도 모르는 거라고 나는 생각한다. 그런데 이것도 엄연한 사실이다. 즐거움의 정의는 각자 다르겠지만, 남들처럼 사는 건 즐거운 시간이 상대적으로 길다. 인간이니까 그렇다. 그러나 자기 이상을 펴는 건 잠시 잠깐만 즐겁다. 자기만의 이상을 남들이 이해하지 못하기 때문이다. 그렇지만 또 인간은 특이하게도 이룩한 것엔 어떤 가치를 매기려 하고 앞으로의 설렘이 있어야 사는 것 또한 사실이다. 그러면서도 이런 것들은 진리에 가까운 것 같다. 자연과 우주는 그냥 무심히 흘러간다. 그러나 인간은 그걸 견디지 못하고 거기에 자꾸 의미 같은 것을 부여한다. 인간의 삶은 그 본질이 모순이고, 인간 삶의 모든 모습은 다를 수밖에 없는 거.

남을 내버려 두고 살 것인가, 아니면 그에게 간섭하며 살 것인가? 전자를 선택하겠다. 이게 내 성격과 맞다. 나는 남에게 싫은 소리 하는 걸 좋아하지 않는다. 무간섭주의다. 또 사실 남에게 간섭한다고 내가 원하는 대로 그가 변할까? 설혹 그가 내가 원했던 것처럼 변했더라도 변한 건 내 간섭 때문이 아니라 그가 본래 그렇게 변할 사람이라서 그렇게 된 건 아닐까. 실은 남은 그렇게까지 나에게 관심도 없고 더군다나 영향 같은 건 받지도 않는 게 엄연한 현실이다. 나는 남에게 피해 주길 싫어하는 일본인이 좋아 내년엔─ 여행을 별로 좋아하지 않는데도 ─일본에 다녀올 예정이다.

운명에 맞설 것인가, 받아들일 것인가.
결론부터 말해서 운명에 순응할 것이다. 나는 이게 내 네 번째 책인데 첫 책부터 이것에 대해 생각해 왔다. 내 인생의 화두였다. 하도 중요해서 거듭 생각해도 정리가 되지 않고 지금도 자꾸 흔들린다. 그런데 과연 혁명가들도 자신의 운명을 개척한 것일까? 그들이 혁명을 일으킨 건 또 하나의 그들 운명 아닐까? 나이가 들어 그런 것도 있는데, 이제 이 질문에 대해 어느 정도 정리가 된 것 같기도 하다. 나는 운명과 조건을 사랑하고 거부 말고 껴안고 가라는 주의다. 그런 조건과 한계 내에서 최선을 다하라는 거다. 자신에게 주어진 어떤 성정이나 기질을 이 세상에서 맘껏 펼쳤으면 한다. 열등감이나 육체적 정신적 장애, 자신의 못된 성격까지도 그것을 실현하는 자양분으로 삼으라는 말이다. 일생에 자기가 하고 싶은 것을 못 하는 건 자신에게 주어진 신성한 그릇을 채우지 못하는 것이다. 이를테면, 내가 쓰고 싶은 글쓰기를 외면하고 전 생애를 밥벌이에만 매달리는 것이다. 이건 어쩌면 신이 나에게만 부여한 유일한 가치다. 그게 가장 잘사는 거라고, 나는 나 자신에게 또 가까운 사람들에게 거듭 강조하며 살아가려 한다.

2023년 봄, 집필실에서
이태식

기

질

공부가 최선의 공격이다

공부를 해서 지금 일어나는 현상에 대한
자기만의 새롭고 창조적인 관점이
공부의 최종 목적 아니겠나.

공부하는 사람을
그렇지 않은 사람들이 다 경계를 하고
그래서 그들은 자기를 방어하기 위해
말도 안 되는 말로 공부하는 사람을
공격한다.
그건 결국 공격이 아니라
자기방어에 불과하지만

공부하는 사람을 두려워해서
이상한 사람이라 여럿이 매도한다.
그들이 아직 받아들일 수 없는
관점을 가지고 있다는 이유만으로
공부 안 하고 기득권 지키기에 급급한

집단 자기방어 기제(機制)의 작동이다.

아무리 유명한 진보 인사도 공부하지 않고
정치만 하려 들면 금방 보수화되고
공부하는 사람에게 공격을 당해
자기방어에만 매달리게 된다.

자아를 실현하고 세상을 바꾸려면
공부해야 한다.
공부만이 최선의 공격이다.

공부는 많이 아는 게 아니다.
일어나는 현상에 대한
자기만의 새로운 관점을 갖는
지난(至難)한 작업이다.
자기 관점도 그것에 의해 곧
무너지고 흔적 없이 사라지는
창조적 관점, 계속 변하는 관점!

기존 글에 뭘 자꾸 보태지 마라

가능하면 기존 글에
뭘 자꾸 보태려고 하지 마라.
글이 엉망이 된다.

왜냐면 그 당시의 기분이나 생각이 지금과는
확연히 다르기 때문이고 지금은
그 당시 글의 맥락에 있지 않기 때문이다.

보태고 싶으면 글을 출력하거나 수정 상태에서
맥락을 흐트러뜨리지 않게 조금만 수정하라.

나는 이런 글은 읽지 못하겠다

나는 현실과 너무 동떨어지거나
무슨 말인지 모르겠고
말을 이해해도 갑자기
자기 멋대로 맥락을 전환하는
글은 읽기 싫다.
자기 생각에만 빠져 너무 맥락에
안 맞는 생뚱맞은 말이 자꾸
나오면 계속 읽을 것인가 의심하게 된다.
이거 시간 낭비 아닌가 재보기 시작한다.
그러나 나와 잘 맞는 글은 쓰는 것
자체가 좋아 그대로 옮겨 적는다.

그런 맥락 없는 말이 한 번 정도는 괜찮지만
(잘 쓴 글은 이런 것이 더 잘 쓴 것처럼 보이게도 한다.)
반복되면 중간에 지루해
읽기를 포기하고 만다.
이 글을 읽어 내가 무엇을 얻을 것인가에까지

도달하게 되는 것이다.
그런 생각이 들 때쯤엔 더 읽을 의욕이
갑자기 확 사라져
그 책을 더 읽어나갈 수 없다.

그런 다음엔 그 작가를 확인하고
다음에 또 그 작가의 책이 나와도
안 읽게 되는 것이다.
읽을 목록에서 제외한다.
그 작가는 나와 케미가 안 맞아
이번 생에선 더 이상 인연이 아니라고 생각한다.

남자 왜 그러나?

누구나 이상이 있다.
그러나 아직은 말은 이상을 따르지만
현실적으로 벗어나지 못하는 게 있다.
대개의 사람은 그걸 잘 말하지 않는다.
상대에게 상처를 주기 때문이다.

어릴 때일수록 본능에 충실하다.
이것저것 따지지 않는다.

남자애들이 어릴 때 여자애들에게
고무줄 끊기나 아이스케키를 하는 건
그 애들이 상대적으로 얌전하게 놀고 그래
강자가 약자를 괴롭히는 데서 오는 희열 그런 것도 있지만
그보다는 여자애들은 어떤 큰 범위를 벗어나지 않고
그 안에서 안정적으로 질서를 지키며 놀려고 하는데
그게 못마땅하고 그것을 허물어버리고 싶은
남자의 본성이 작용한 건 아닐까.

남자는 기존 질서를 파괴해

자기 세계를 구축하려고 하나

여자는 일단은 기존 질서를 따르며

안정적으로 살려고 하는 그런 게

아무래도 있는 것 같기에.

그러면서 여자는 자신은 그러지 못하더라도

그렇게 현 체제를 벗어난

그런 여자를 동경하기도 한다.

대리 만족이다.

내 것은 소중하고 남의 것은 하찮다

뭐든, 남이 하는 건 우스운 법이다.
이유는 수박 겉핥기로 알아 그런 것도 있지만
내 것에 대한 애정이 너무 깊기 때문이다.

소설가는 소설이 가장 소중하다.
그들은 사회적 속물들의 짓을 아주
하찮게 여기고 경멸까지 한다.
검사들은 자기들의 세계가 세상의 전부라고 생각한다.
"정치, 그까이 꺼 뭐." 한다.

과일 장사는 일없이 과일을 싸게 팔지 않는다.
그동안 고생하며 팔아온 과일이
소중하기 때문이다.
또 과일에 대해 알기도 많이 안다.
대신 고기가 더 비싼데도 과일보다 못하다고 말한다.
그러니 우리가 과일을 싸게 사려면
그걸 대수롭지 않게 여기는 사람한테 사면 된다.

소중히 여기는 사람은 자기 소중함도

가격에 집어넣지만

그러고 있는 사실을 자신은 모른다.

그런데 남이 보면 그냥

쓸데없이 비싸기만 한 것이다.

너무 얽매이면 자기 객관화에 실패한다.

부모가 남의 자식에겐 올바른 판단을 내리지만

정작 자기 자신에겐 그게 안 되는 것과 같다.

삼성 공식 대리점이 용산보다 컴퓨터가 더 비싼

이유도 그래서 그렇다.

용산 용팔이들은 조립만 했지 컴퓨터를

만들지는 않아 컴퓨터에 대한 애정이 적다.

"평생, 설탕물만 팔래?"라며

스티브 잡스는 콜라를 설탕물이라 했다.

코카콜라 회장이 그 소릴 들었다면 눈이 뒤집혔을 것이다.

그의 심정대로라면

스티브 잡스 손발을 모두 묶고

콜라의 중요성에 대해 그가 알아들을 때까지

냄새나는 입을 귀에 바짝 대고
하루 반나절 동안 설교한 후 그래도
분이 안 풀려 콜라를,
"네가 콜라를 알아?"
"이게, 이래도 설탕물로 보이니?"라며
그의 몸에 들이부었을 것이다.

이처럼,
내 것은 소중하고 남의 것은 하찮다.
그건 남이 나를 생각할 때도 같다.
내 것이 소중하면
남의 것도 소중한 법이다.
잘 안 되겠지만,
그나마 이 고질병에서 조금이라도 벗어나려면
내가 하는 것에 애정은 갖되
내 것을 다른 것과 나란히 펼쳐놓고
"대충, 그렇지 뭐."라고
생각하는 연습을 멈추지 말아야 한다.
실제로도 또,
남에게 내 것은 '대충 그런 것'이기 때문이다.

내겐 책이 전부다

나는 책만 있으면 된다.
책이 없으면 그 많은 게 있어도
아무것도 없는 거나 마찬가지다.
왠지 불안하다.
그래서 떨어질 때를 대비해
읽을 책을 미리 사놓는다.
지금 읽고 있는 책 옆에
다음에 읽을 책이 대기하고
있어야 안심이 된다.
다람쥐가 겨울을 나는 것과 같다.

나를 고문하며 배후를 불라고 하면
겨드랑이를 인두로 지지는 것보다
책을 압수한다고 하면
효과가 좋을 것이다.
하지만 나는 그 말을 하지 않을 것이다.
나의 가장 아픈 곳이기 때문이다.

나는 어딜 갈 때는 가방에 책을

항상 넣고 간다.

아니 가방 안엔 항상 책이 들어 있다.

책이 없는 가방은 나에게 아무런 의미가 없다.

가방에 아무것도 없고

책만 있어도 내 마음은 충만하다.

모든 걸 다 가진 것 같다.

가방에 책이 있고 아무리

술을 퍼마셔도 아침에 일어나면

언제나 내 머리맡에서

그 가방이 나를 기다린다.

그렇게 술이 떡이 돼도

무의식중에도 책의 분실을 염려한 덕분이다.

정말 아끼는 것은 늘 같이 있고 싶어 한다.

그리고 나는 외출할 때 항상

볼펜과 메모지를 셔츠 주머니에 넣고 다닌다.

틈만 나면 가방에 있는 책을 꺼내 읽으며

메모하기 위함이다.

그러다가 영감이 떠오르면

내 글을 짓는다.

이 글에 대해 더 보탤 영감이나 발상은

헬스나 샤워할 때 곧잘 떠오른다.

이제 헬스와 샤워는 내 일상의

루틴이 되었다.

덧붙이자면

손수건도 뒷주머니에 늘 넣고 다닌다.

책의 글자가 조금이라도

더 잘 보이게 안경을 닦기 위함이다.

한번은 손수건을 안 챙기고

외출한 적이 있었는데

다시 되돌아서 손수건을

가지러 집에 들른 적도 있다.

나는 매일 신문을 4부 산다.

길거리 매대에서 사는데 단 한 부씩만 진열되어 있다.

내가 신문을 사면 남는 신문이 없다는 얘기다.

사람들이 신문, 긴 텍스트를 너무 안 읽는다.

신문값은 1,000원인데 내가 얻는 것이 비해

싼 것이다. 아니 더 많이 얻어

신문값이 올라도 계속 읽을 것이다.

내가 사는 신문은 보수지 1부, 진보지 2부, 중도지 1부다.

나는 칼럼이나 사설을 주로 읽는데 거기서

어떤 지식보다

글 잘 쓰는 방법이나 현상에 대한

다른 시각이나 관점을 얻고자 함이다.

나는 책을 집에 쌓아두지 않는다.

읽은 후 바로 알라딘에 판다.

쌓아둘 수가 없다.

그렇게 안 하면 책이

나를 덮는 무덤이 될 것이기 때문이다.

나는 고마워서 매일 책에 절을 한다.

술을 잔뜩 먹고 절하는 걸 잊으면

다음날 죄송하다며 두 번 한다.

그러면서 속으로

"이건 죽은 사람에게 하는 재배(再拜)가 아닙니다.

죄송하고, 그 배로 고맙습니다."

나는 이 세상이, 책만 있으면

암울하지 않다고 본다.

그저 행복할 뿐이다.

내겐 세상이, 책만 있으면

천국이요, 없으면 지옥이다.

더 가치 있는 사람은 없다

세상이 너무 심하게 발전해
남은 여생을 사고파는 일이 발생할지도 모른다.

인류 미래에서
최악의 시나리오다.
남의 여생을 대신할 만큼
내가 더 나은 삶을 살 수 있다고 생각하는 건
오만의 극치다.

아무리 대단한 셀럽이라도
그의 존재로 인해 불행한 사람은 있게 마련이다.
불행한 그 사람이 또 다른 어떤 사람 때문에
인플루언서로부터 받은 불행이 상쇄되고
그로부터 힘을 얻어 지금을
활력 있게 살아갈 수도 있다.
생기를 찾은 그는
그가 절대로 이 세상에 자기와

함께하기를 그 무엇에 우선해 바랄 것이다.

살아 있는 인간은 다 살 필요가 있고
자기 고유의 역할이 있기 때문에
생명의 대신은 절대 안 된다.

산 사람은 살아야 한다.
주어진 삶의 몫이 있기 때문에
자기 수명까지 살아내야 한다.
주어진 생명은 어떤 경우라도 유지되어야 한다.
그 누구도 그의 생명을 중간에 단절시킬 수 없다.
그건 삶에서의 그의 고유하고
신성한 역할을 중지시키는 일이다.
더할 수 없는 죄악이다.
그가 자신과 남에게
어떤 존재일지 모른다.

문학의 속성

문학은 질문하는 거다.
물론 작가도 그 해결책을 내놓으면
속이라도 시원하겠지만….

실은 그 해결책이란 게 대개는
그렇게 어려운 것도 아니다.
사회에서 일어나는 문제는
유치원에서 배운 대로 하면
대부분 해결된다.

기후 위기를 해결하려면
가까운 거리는 걷거나 자전거를 타는 등
너도나도 작은 실천을 하면 되고
전쟁을 막으려면
다른 나라와 한 약속을 잘 지키면 되고
타 인종에 대한 혐오를 멈추려면
그들을 친구라고 생각하면 된다.

이처럼 해결책은 쉽다.

알고도 안 하는 게 문제지.

그게 잘 안 되는 건

인간의 욕망과

이해관계가 얽혀 있기 때문이지

다른 이유는 없다.

한편,

문학에서 해결책을 제시하지 않는 이유는 그렇게 하면

답이 뻔해, 없어 보이고 독자가 아는 척한다고

싫어하고 그럼 뭔가 실험 정신이 없어 보여

작품성이 떨어지는 것 같은 느낌이

들기 때문이다.

이건, 이런 거하고 비슷한 게 아닐까?

누가 내게 (겉으로만 어떤 해결책(?)을 내놓으라며)

질문을 한다.

그런데 실은 그는 이미 어느 정도

해결책을 알고 있다.

이를테면,

"어떻게 뺐니?" 하는 질문은

식이 요법을 쓰고 운동을 꾸준히 하면

해결된다는 걸 자신도 잘 안다.

그런데도 굳이 질문하는 건 단지

마음대로 안 되는 자신의 넋두리를

가만 들어주고 자기를 위로해

달라는 말이다.

그걸 캐치 못 하고 정색해서

해결책을 떡하니 내놓으면 둘의 관계는

아마 미래를 장담할 수 없을 것이다.

이처럼 문학은 문제들을 나열하고

질문 형식을 취하면서

그들의 마음을 늘어놓고

그게 결국 그들을 위로해

카타르시스를 느끼게 하는 건 아닐까.

이거면 충분하지 않을까?

생각하는 인간

연극, 영화 같은 게
우리 인간과 삶을 재현해 냈다고 할 수 있다.
여기에 우리의 실상과 그리는 모습이
함께 담긴 것 같다.

우린 자의가 아닌 우연적으로 태어났으니
꿈 같은 거 없이 그냥 사는 거라고
말하는 사람도 있는데
인간의 숙명인지 실은 꿈이나 이상이 없으면
살아갈 수 없는 게 또한 인간인 거 같다.

욕망이나 작은 바람도 알고 보면 꿈인데
과연 이거 없이 살 수 있을까.
인간 모습의 재현인 드라마에도
이런 인간이 사는 현실과 바람이
동시에 들어 있는 것 같다.
현실을 그나마 생기 있게 사는 것도

어느 정도 바람이 있으니 가능한 거 아닌가.

지나간 세월도 생각하면 무의미하니까
거기에 자꾸 어떤 의미를 부여하는 것 같고.
이런 의미 부여와 앞으로의 꿈도
지금을 더 활기차게 살아가기 위한 게 아닐까.

인간은 또 하고 있는 것보다 할 것에 대해
걱정하고 설렘을 갖는 것 같다.

그래서 인간은 생각하도록
운명지어졌다는 생각이 든다.

생긴 대로 살자

대개 내가 키가 작으면
키 큰 사람을 선호한다.
내가 내성적이면 외향적인 사람을 좋아한다.
그 반대도 마찬가지다.
그런데 내가 좋은 사람은 나를 싫어할 수도 있고
또 나는 별로인데 그는 나를 좋다고 따를 수도 있다.
아무리 좋아하는 사람이 많은 사람도
싫어하는 사람이 있게 마련이다.
나를 대다수가 싫어해도
어딘가엔 부모처럼 일편단심으로
나를 너무 좋아해 귀찮은 사람도 있다.

같이 살다 보면 내가 선호했던 사람과
용납이 안 되어 헤어질 수도 있고
서로 맞추며 평생을 살기도 한다.
내가 사는 길만 있는 게 아니다.
더 큰 정(情) 같은, 우리만의 그 무엇으로

우리들의 어려움을 극복할 수도 있다.
인간은 양가적(兩價的)이고 가변적이기 때문에
모르는 일이다.
그 비결과 내막, 알 수 없다.
함부로 왈가왈부해선 안 된다.
수박 겉핥기이고
장님 코끼리 만지기다.

모두가 공허하고 불안한 세상이다.
지향점이 사라졌다.
항상 나를 든든하게 받쳐줄 그 무엇이 없다.

지향점은 차차 만들기로 하고
우선 급한 대로
지금은, 생기대로 살아보면 어떨까?
팔자려니 하고….
체념이 아니다.
자기 운명에 대한 담대한 사랑이다.
안 되는 건 안 되는 거고
되는 것에만 집중하고 내 열정을 쏟자.

포기할 건 포기하며 자기에게 주어진 일과
할 수 있는, 가능성에만 온 정신을 몰입하자.
절대 내가 남을 변화시킬 수 없고
나만 나를 변화시킨다.

이런 생긴 대로의 내 특질을 알고
그것에서 내 장점과 행복을 찾아
그것에 집중하며 살면
공허와 불안도 조금은 가시지 않을까.
그 과정에서 내가 바라는 지향점이
희미하게나마 보일 수도 있고
사회에서도 각자 생긴 대로 살면 다양성이
활성화되고 문화적으로도 다채로워지고
더 행복해질 수 있는 희망도 생기지 않을까.
각자 자기 인생의 주인공이 되고
그렇게 되면 능히 자신을 통제하고
자신을 객관적으로 보면서
지금 빠진 문제를, 냉정히 진단해
거기서 나오는 해법도 스스로
찾아낼 수 있을 것이다.

또한, 자기를 소중히 여기면서
남도 소중히 여기고

나의 변화에 남을 따라오게 해야지
남의 변화에 내가 매달리는 건
삶을 주인으로 사는 게 아니다.
그러려면 무엇보다 자기를 아는 노력을
소홀히 하지 말아야 할 것 같다.
자아에 대한 깊은 성찰과 함께

어디에 장단을 맞춰야

유치하고 별 신기하지도 않은 일을 하는 사람이
더 인기가 있고 그들은 돈을 많이 번다.

작가처럼 같은 인간이면서
고상한 척하고 아는 척하는 인간들은
인기가 없고 심지어 재수 없다면 싫어하고
그래서 그런지 돈도 별로 못 번다.

그러니까 돈을 벌려면 많은 사람이
하는 것을 해서 공감을 얻고
"남들이 다 하는데 너만…" 하며 불안감을 줘야 한다.

자기와 동떨어지게 너무 고상한 것 같으면
자기는 엄두가 안 나 그렇게 될 가능성이 없어
그를 싫어하고 돈을 투자하지 않는다.

그걸 하는 사람은 또 자기는 예사로운

사람이 아니라고 생각하고 겸손하지 못하고
남을 무시하는 경향이 있다.

그는 그럼, 오로지 자기 잘난 맛에 사는 걸까?
그래서 사는 게 그렇게 힘들어
작가들은 그렇게 성격이 괴팍한 걸까?

왜 남자 작가에게 섬싱이 잘 일어나나

작가는

남녀관계에서 벌어지는 일에 대한

글을 많이 쓰고 읽는다.

그게 아주 복잡하고 섬세해

흥미가 동해 점점 더 파고든다.

그러면서 그 관계에서의 일을 자꾸 생각해

나중엔 더 구체적이고 독특한 자기 묘사를 찾아내고

그것을 얻기 위해 자기와 이해관계가 없는

가능하면 예쁜 여자를 찾는다.

마음에 들고 예쁘고 이상적인 여자라야

호기심이 생겨

더 캐묻고 싶어지기 때문이다.

아마 그의 무의식에선

자신을 떠난 연인의 감정을

알아내려고 같은 여자들을

연구하고 싶은 건지도 모른다.

누구나 그렇겠지만

특히 작가는 자신의 흥미 분야에 대해

계속 읽고 또 그것에 대해 쓰게 되어 있다.

그렇게라도 해야 풀려 견딜 수 있기 때문이다.

종국엔 자신을 버린 여자가 떠난 이유를

찾아내 그 여자가 다시 돌아오게 만들거나

아니면 어떤 복수를 노린 건지도 모른다.

대개의 남자는 자기를 감히 거절한

여자에게 관심을 안 가질 수가 없다.

더 매력적으로 보이기까지 한다.

'도도한 여자, 고분고분하지 않은 여자'

그게 자신의 관심과 흥미를 놓아주지 않는다.

자기가 아직 맘대로 정복하지 못했기 때문이다.

그런 표현, 다른 손님이 하는

흔해 빠진 이야기가 아니라

아주 재밌고 독특한 말을 자기에게 하기

때문에 여자들은 그의 묘한 매력에 빠져

헤어나오지 못한다.

여자는 분위기에 굉장히 약하다.

어떤 신비감이 여자의 눈을 지배한다.

그 작가는 매일 언어를 다루기 때문에

자신은, 일상에서 사람들이 흔히 쓰는 말이

아니라는 것을 의식하지 못하고 쓴다.

여자는 이 사람이 일부러 여자를 좀 어떻게 해보려고

하는 게 아니라 자연스럽게 저런 호기심 강한 말을

하는 것을 육감으로 알게 된다.

분명 선수가 아닌데

선수처럼 이야기하는 것에 더 끌리는 것이다.

사실 여자의 짐작이 틀린 것도 아니다.

여자는 선수를 뛰어넘는 순수함이 깃든 말에 매료된다.

여기서 자기를 작가라고 하면 안 된다.

자기 친구가 작가라고 해야 한다.

그래 둘 사이에 섬싱이 생긴다.

이래도 되나?

그럼 현실을 현실대로 일반인보다 더
속물로 살고 작품에서만 고상 떨며
강연과 작품 속 인물을 찬양하며
자신은 명예도 얻고 돈도 얻은 건가?

그들은 분명 독자들에게 현실을 제대로 살아야
좋은 작품도 나온다고 떠들고 다녔을 것이다.
작가의 존재 이유가 뭔가?
진짜 너무 충격이고 상처받았다.
아, 나만 그들의 글을 순진하게
곧이곧대로 받아들인 건가?
내가 바보 같고 불쌍하다.

그리고 일부 작가만 문학상을
싹쓸이하는 것도 고쳐라.
그게 수상만 바라는 욕망으로
그들을 구렁텅이로 몰아넣는다.

작품상이 친일 작가를 기리는 상여도
아무 문제의식 없이 우선 받고 본다.

좀 부족해도 생전 빛 못 보는
다른 작가들에게도 기회를 좀 줘라.
그들은 매일 좌절의 나날을 보내고 있다.

이제 나를 펼 시간

나는 어릴 적에 담배 찌는 건조실과
초가집 굴뚝 사이 공터에서 철사로
스케이트를 만드느라 하루를 다 보냈다.
옆에 장작불을 피워놓고 스케이트 날 대신
철사를 불에 달궈 썰매를 많이도 만들어 냈다.
이미 '혼자 하는 놀이'의 명수였던 것이다.

현재와 가까운 과거엔
직장 생활을 30년 이상 했다.
남들처럼 공부하고 직장 잡고 결혼하고
아이 낳아 길렀다.
남 따라 하느라 청춘을 다 보낸 것이다.
지금도 먹고살 걱정에 아직은
직장에 몸담고 있다.
가끔은 가슴에 공간이 생긴다.
아니, 이젠 자주

공허와 불안을 메꾸고 어릴 적

내 기질(氣質)을 살리기 위해

이젠 좀 다르게 살고 싶다.

퇴직 후, 시골에 오두막을 짓고

자동차를 몰아 건강한 흙먼지를 날리며

쓸쓸한 도서관에 도착해 책에 빠지고

작은 독서 모임에 참석해

문우(文友)들과 즐겁게, 인생의 마무리를 담은

담소를 나누며 여생을 즐길 예정이다.

계획은 그렇다.

내 인생은 이렇게 된 것이었다, 마치 정해진 팔자처럼

그렇더라도,

"마음껏 생각하고 그중에서 가장 좋은 생각을 선택하면 되는

거야. 그리고 그게 너의 미래가 될 거야."[1]처럼

나는 50년 이상 산 결말로

인생의 비결이 이 세상에서

'자기 기질을 펴는 거'란 총정리에 도달했다.

1 소설가 김연수의 단편 「진주의 결말」에서 따옴

이제 쭉 나를 펴는 일만 할 생각이다.

내 운명을 껴안고서

좋아함을 이기는 즐김은 천하무적이니까.

이젠 내 책만 쓰자

이제 나도 고참이니까
여기저기 응모할 필요가 없다.
그것은 수습생 때나 하는 짓이다.

이제 내 세계를 진술하는
나만의 글을 쓰는 작업을
하루도 빠짐없이 해야 한다.
그게 나만의 글과 세계가 나오는 방법이다.
그래야만 또 나만의 책이 나온다.

이 나만의 글과 세계를 완성하는데
응모는 걸림돌만 되고
그들이 원하는 내용이 나오지 않아 탈락한다.
그들의 들러리만 결국 서게 된다.
나는 절대 당선이 안 되고
그래 실망하고 슬럼프가 찾아와
내 세계의 글을 창조하는 데
의욕만 떨어진다.

자기 기질에 맞게 사는 거지만

글은 다 잘 쓴다.
그러나 알아주는 것은 행동하는 사람들이다.
아마 이것도 인맥이나 그들의 현실적 노력이
작용한 결과일 것이다.

행동에 적극적이면서 글까지
잘 쓰면 금상첨화다.
그러나 그런 사람들은 글 쓸 시간이
없어서인지 아니면 글보단 솔직히
행동하는 게 기질에 더 잘 맞아 그럴 수도 있다.
그 내막은 모르는 거다.
그래서 그들의 글은 좀 거친 면이 없지 않다.

자기 몫의 삶이 있는 것 같아

한순간도 행복하지 않고 희생만 하며 살았던
사람에게도 꿈에서나 나올 것 같은
아름답고 행복한 시절이 나름 있는 것 같다.
의심하며
도대체 그게 언제냐고 물으면
그는 술술 잘도 대답한다.

그들은 살며 자기는 모르겠지만
주변인에게 큰 위안과 위로를 주며
그에게 살아갈 힘을 부여했는지도 모른다.

아니 이런 슬픈 삶일수록 사람을
감동의 도가니로 몰아넣고
그에게서 더 강한 영향을 받는다.

이런 걸 보면
아무리 하찮아 보여도

자기 삶의

몫은 다 있는 것 같다.

자식 걱정은 결국 자기 걱정

자신은 아무리 '자유로운 영혼'이라도
자식은 안정적이고 정상적인 삶을
살기를 바라는 게 부모다.
사회에서 튀지 말고 잘 적응하며
남들처럼 살기를 바란다.
그래 진정 자기 길을 가려면
부모 말을 절대 듣지 말라는 말도 그래서 나온 것이다.
부모는 무조건
자식의 안위(安慰)만 바란다.

이건 부모 자신이
자기 마음을 먼저 생각해서 그런 것이다.
자식이 힘들게 사는 모습을 보면
우선 자기가 힘들다.
자식이 부모가 생각한 대로 살아줘야만
그것에 대한 걱정과 근심이 덜 해
자기가 편하다.

아니면 자기가 괴롭고

어디 가서 떳떳하게 자랑도 못 한다.

"다 널 위한 거야."

이 말은 굴곡 없이 무난하게 살라는 말이다.

나를 힘들게 하지 말고….

진실은 자식의 고생보다 그걸 지켜보는

자신의 힘듦을 먼저 생각한 결과다.

그걸 자신이 감당하고 견딜 수 없을 것 같은

불안과 두려움의 소산이다.

인간은 알고 보면 모든 게 자기 위주다.

무슨 변명을 해도

결국, 자신에게 모든 게 수렴된다.

그러니까 남에게 말을 하면

그건 모두 자기 입장이지

상대방 입장이 아닌 것이다.

작가는 혼자 있길 좋아한다

어떤 영화에서 봤는데
어느 작가가 '글은 혼자 쓰는 거'라 했다.
그들은 '각자 자기 길'이 있다고 곧잘 말한다.
그리고 그 말을 엄청 좋아한다.

작가를 대개 사회성이 부족하고
내성적이고 자기밖에 모르고
이기주의자라고 한다.
사람 같지도 않게 냉정하다고도 한다.

그런데 그들은 그렇게 태어난 게 팔자이고
그렇게 해야 자기가 좋아하는 글을 쓸 수 있어
그래야 살아갈 수 있어
그럴 수밖에 없다.
그들은 늘 혼자 있지만
가끔은 사람을 엄청 그리워한다.

그러니 그들은 나름 자기가
진정 좋아하는 것을 해서
아마 사회 사람들이 보는 것보단
내부적으로 더 행복할지도 모른다.

이들은 심플리파이를 선호해서
죽을 때가 되면 하나하나 정리한다.
그들이 좋아하는 책조차 남겨놓지 않고
저세상으로 간다.
생을 깔끔하게 마무리하는 것이다.

작가들이 다루는 소재

작가는 흔히 일어나는 일은 다루지 않는다.
주류에서 벗어난 소수가 하는 것을 주로 다룬다.

왜 그러는가?
자신들이 그 부류에 속해 그런 것도
있지만 동병상련이라고 그들의 마음을 누구보다
잘 알기 때문이다.
내가 어려울 때 가장 생각나고
힘이 되는 사람은 이들임을 너무나 잘 알기 때문이다.

그들이 평범한 사람을 다루더라도
본래는 겉으로 드러나는 것과는 다르게
평범한 사람은 아니었다는 것을 다루거나
처음부터 끝까지 평범해도 그들의 어떤 것에서
반드시 평범하지 않고 특이한 것을 끄집어낸다.
그래야 자기 글도 살고
그런 것에 어느 정도 소질도 있기 때문이다.

아니면 작가가 아니다.

그들이 특이해서 작가가 되었나

작가라서 특이하게 되었나.

아마 전자가 더 맞을 것이다.

작가의 의도 파악

어떤 글에서, 작가가 뭐를 심하게 비난한다.

혹은 칭찬한다.

그런데 진짜 의도는 그 반대일 수도 있고

더 심하게 비난하거나 칭찬하고 싶은 것일 수도 있다.

그의 진짜 마음은 모른다.

내가 지금 작가를 좋아하는가.

아니면 싫어하는가.

남들은 모르지만 나는 정확히 안다.

아껴야 사랑의 매라도 대는 것이다.

연극배우가 연극인을 따르지 않고

연극을 계속할 수 있을까.

그의 글이 온통 은유로 덮일 수도 있다.

겉으로 드러나는 내용 말고

숨은 뜻을 파악해야 한다.

행간을 봐야 한다.

그게 쉽지 않은데, 조금이라도

그의 글에서의 뜻을 정확히 하려면
그가 쓴 글을 전부 읽어보거나
인터뷰 내용, '작가의 말' 같은 데서
한 말을 전부 종합해 봐야 한다.
그거 말고도 그가 살아온
이력을 훑어봐야 할 수도 있다.

그가 대놓고 주제라고 내세우는 말이
그가 진짜 하고자 하는 말이 아니라
글 중간에 가볍게 다른 인물을 통해
은근슬쩍 하는 말이
진정, 하고 싶은 말일 수도 있다.
주제로 내세우는 글은 단지
사회적 물의를 일으키지 않으려는
술수에 불과할 수도 있다.

그러면서도 작가가 아무리 어렵게 글을 쓰고
일부러 있어 보이려고 뱅뱅 돌려 말을 해도
그가 진정 '추구하는 것'만 알면 아무리
난해한 글도 결국 그것을 향해 있으므로

그걸 염두에 두고 글을 대하면 그렇게
어렵게 느껴지지 않을 것이다.
그것만 알면 그가 괜히 하는 말과
힘주어 하는 말을, 서로 반대로
(하고 싶은 말을 툭 던지는 투로 대수롭지 않게)
써도, 버릴 것과 취할 것을 알게 되어
그때부터 그 글은 나에게
더이상 어려운 글이 아니게 된다.

동시에 또 아무리 언어를 잘 구사하는
작가라도, 정확히 자기가 뭘 말하려는지
자신조차 모를 수 있다.
쓰다가 갑자기,
"이런 말을 하려는 게 아니었는데."
할 수도 있는 것이다.
왜냐면 나중엔 작가가 글을 끌고 가는 게 아니라
글이 작가를 끌고 가기 때문이다.
대개의 글은 처음 의도와는 달리
삼천포로 빠진다.

그런데 또 작가는 결국 할 말은 다 한다.
다른 글에서 하고 싶은 말을 기어코 하기 때문이다.
이렇게 앞말들을 번복하는 이유는 인간들이 사는 세상이
말처럼 그렇게 단순하지 않기 때문이다.

그렇지만 이건 또 거의 진리에 가까운 게
작가가 아무리 주제를 노골적으로 드러내도
독자가 자기식대로 해석해 버리면 그만이다.
사실 또 독자는 생긴 게 각기 다르듯이
모두 자기만의 해석을 하게 된다.

지금 쓰는 글이 가장 잘 쓴 글 같다

항상 최신에 쓴 글이 가장 잘 쓴 거 같다.
그러다가 다른 글을 쓰게 된다.
그러면 당연히 좀 전에 쓴 글은 시시해진다.

나는 글의 영감을 대개는 신문에서 얻는다.
현 정권에 대드는 칼럼은 정말 재미있다.
이런 사회학과 교수들을 나는 좋아한다.

그들은 출세의 마음을 접은 오리지널 학자들이고
그래서 자신의 본분을 망각하지 않아 자신과
그들을 따르는 사람들을 실망시키지 않기 때문이다.

이들의 차림이 허름하면 있어 보인다.
사회를 못마땅하게 여기는 비평과
사회학자라는 직함이 그 차림 때문에
낮아지는 게 아니라 오히려 올라간다.
둘은 케미가 잘 맞는다.

아니면 나는 인터넷 기사에서 영감을 얻는다.

인터넷이 생기면서 화장실 낙서가

사라졌다는 말을 어디선가

들은 것 같다.

맘에 안 드는 기사 댓글에다 욕을 하다

그게 하나의 생각으로 발전하면

그게 최신의 내 글이 되는 것이다.

내겐 가장 잘 쓴 글.

좀 유명한 먹물들은

글을 묵히고 퇴고를 많이 하라 한다.

다른 사람에게 보여줄 글이라면

그래야 할 것 같다.

최신의 글은 오로지

나한테만 잘 쓴 글일 거니까.

책이 없으면 미래도 없다

하여간 악마가 따로 없다.

강자만 계속 살리고 약자만 죽이려
왕이 되었다.
잘 나가는 사람만 챙기고
사회에서 소외되고 눈물짓는
사람은 거들떠도 안 본다.
이유는, 자신은 출신이 강자이며
앞으로도 약자는
절대 될 리 없기 때문이다.

위아래 갈라치기로 사회를
더 지옥으로, 불행으로 몰아넣고 있다.

이런데도 절대다수인 약자가 가만히 있는 게 이상하다.
바로 생각 없이 살기 때문이다.
그게 저런 괴물을 탄생시켰다.

이건 책과 자꾸 거리를 두는 세태와
엄청 연관이 깊다.
생각하지 않고 그저 지금만
편하고 즐기는 사람들이
이런 사회를 만들었고
변하지 않으면 불행은 계속될 거다.

세상은 약간 슬픈 곳이라고 생각하는
세상이 좋은 세상이란다.
낙관주의자가 아닌 염세주의자나
이런 세상이 더 자살자가 적다고 한다.
아마도 세상의 진실을 알고
별 기대를 안 해 그런 게 아닐까.
무조건 밝음만이 좋다고 권하면
자신이 엄연히 가진 어둠을 가리려 하고
멀리하고 경멸하기조차 한다.

책을 통해 세상은 밝음도 있지만
보이지 않는 곳엔 언제나 슬픔이
있을 수밖에 없다고 생각하게 된다.

그러면서 그 존재를 존중하고

더불어 살려 하고

나아가 도우려 한다.

그것을 가진, 나도 너도.

한글 문장만 읽는다

나는 오리지널을 대하고 싶다.

일본 소설이나 유럽, 미국 소설을
읽고 싶지 않다.

그 나라 말을 몰라 그런 것도 있고
번역된 그 맛을 몰라 그런 것도 있지만
나는 그 느낌, 그 언어 특유의 냄새를
오리지널로 맡고 싶은 것이다.
원본에서 그 작가가 하는 말을 그대로 듣고 싶다.
다른 사람 입김이 중간에 들어간 게 싫다.

무당이나 제사장을 거치지 않고
직접 신과 대화하고 싶다.
봐라! 중간자들이 얼마나 신의 뜻을
자기들 멋대로 오독하는가.
그뿐 아니라 길 한복판에 앉아

통행세를 받고 신 행세를 하며

돈을 받고 죄를 사해준다.

원리주의나 교조주의라도 좋다.

변형된 맛이 싫은 것뿐이다.

그레이프는 좋지만 샤인머스캣은 싫다.

중간 단계를 거치면 얼룩(Blur)이 끼게 된다.

번역 과정에서 그 고유의 것이 사라질 것 같다.

왜곡되고 손실될 것 같다.

남에 의해 중계된 콘텐츠는

저자의 토탈을 뭉개고 전달자에 의해

그 의미가 축소되거나

본래의 시각이 바뀔 위험이 있다.

번역된 글을 보고

"저자가 이런 뜻으로 한 말일까?"

자꾸 의심하는 것도 싫고

작가의 의도를 완전히

이해하지 못한 번역자가 쓴

우스꽝스럽게 변한 번역체의

한글을 대하는 것도 거북하다.

차라리 물 건너와서 완전히 우리나라 것이 되면

그제야 읽는다.

그건 외국 게 아니라 이미 우리 것이기 때문이다.

언어별로 특유의 표현이 있다.

그럴 것 같다.

그래서 나는 한글 소설에만 푹 빠졌다.

이게 또 영어나 유럽어로 변역되면

그 맛이 상당히 달라질 것이다.

그 언어 특유의 맛은

번역으로 절대 살리지 못할 것 같다.

언어 또한 문화의 산물이다.

문화까지 번역에 담는 게 가능할까?

나는 날 것(Crude) 그대로를 접하고 싶은 것이다.

그와 호흡하기 위해

직접 저자와 만나고 싶다.

욕

망

강자만 너그러운 구조를 깨부수는
방법을 찾아내야 한다

작가들은 더 예민해서인지 아니면

돈을 못 벌어(책 안 읽는 사람들이 늘어난 것도 한몫)

자격지심에서, 엉뚱한 소리를 많이 해 사람들에게

미움받아 더 많이 상처받는 것 같다.

성격이 삐딱하다.

그래서 남으로부터 상처받을 말을

미리 다 적어 놓는다.

맷집을 키우기 위해

그러나 세상은 예측 불허, 사람들에게

또 상처를 받는다.

그러면 또 빠진 것을 죽 적는다.

대비 방법만으로도

책 한 권을 쓸 수 있을 것 같다.

약자는 강자에 대비한다.

강자는 약자에게 대비하지 않아

강자인 것이다.

늘 주변을 살피고 무슨 일이 일어나나

대비하는 쪽은 약자다.

재벌 3세는 순댓국이나

머릿고기를 몰라도, 운전을 못 해도 상관없다.

매력이기조차 하다.

약자는 약자의 취약한 점을 잘 알아

그 취약점을 이용해 더 약자에게

상처를 준다.

가장 밑바닥 약자일수록

남에게 뾰족한 치명적인 무기를

더 많이 알고 있다.

그래야 살아남을 수 있기 때문이다.

겉으로 보면 강자는 너그럽고

관대한 인간처럼 보인다.

그러나 그들이 그곳까지 올라간 건

잔인성 때문이다.

소시오패스 기질!

그들은 직접 약자를 공격하지 않는다.

그럴 필요가 없다.

중간 마름이 다 알아서 한다.

신과 같은 절대 강자에게 약자, 인간을

다스리는 중간자인 사제가 있는 것처럼

이 지겨운 구조를 깨부수는

방법을 끝없이 강구해야만 한다.

그래야 약자도 기를 펴고 사는

세상이 온다.

남녀 관계가 이러면…

남녀 간에 이런 관계,
진짜 불가능한 걸까?
바람에 불과하단 말인가?

이상에 불과해도 좋다.
바람만이라도 좋다!

말초적이고 순간적인 관계가 아니라
사람 대 사람의 의리나 이상의 공유 같은,
그러면서 둘이 그걸 이루려고
함께 애쓰는
동지적 관계

바람을 이룰 때
다른 한쪽이 없으면
불가능한
그래, 그가 나와 함께 이 세상에 반드시 존재해야 하는

그가 없으면 살 의미까지 사라지는

그가 내게 힘을 주는 건

내가 그에게 힘을 주는 것과 같은

한 가지 뜻을 향해 가는

너무 진지한가? 심각한가?

그런 건 아니고, 실은 그 뜻이 같고

그걸 서로 너무 잘 알아

굳이 겉으로 밝힐 필요가 없는

내색하지 않아 서로에게 부담되지 않고

그러면서 상대를 있는 그대로 인정하는

서로에게 너무 기대거나 의지하지 않으면서

실은 서로에게 그 존재만으로 엄청 힘이 되는,

각자의 인생을 꿋꿋이 살아가는

주체적인

그런

다양성이 훼손되고 있다

전엔 서로 왕래를 못 해 한 자리에서
독자적으로 왕성했다.
외부와 차단되어
자기 고유의 특징을 지닌
부락이 형성되었다.

지금은 글로벌라이제이션, 교통 발달,
인터넷, 생각의 부재 때문에
큰 것이 모두를 삼키는 시대다.
세계 어디를 가나 규격화되어 있다.
모두가 거기에 물들어 있다.
어딜 가나 지방과 국가의
특색이 없다.
유별난 곳도 이제 곧 여기에 동참할 테니
걱정 마시라.

좌우 또는 상하로

획일화되었다.

완전히 둘로 나뉘어

상대를 죽일 듯이 물어뜯는다.

완충지대와 회색분자가 없다.

세계를 지탱하는 허리가 사라졌다.

그리고 말초적으로 지금만 생각하고

미래가 없다.

모두 함께 골로 가자는 거다.

진보가 후퇴한다.

몇십 년 전의 것으로 다시 돌아간다.

다양성이 훼손되고 있다.

그저 지금 편하고

잠시 잠깐 나를 달래면 그만이다.

다른 종류가 내 옆에 있어

전염병의 확산을 막아야 하나

같은 종류만 있어 순식간에 감염되어

모두 절멸될 수 있다.

그러니 세상에 몹쓸 병이 끝없이 창궐한다.

같은 종류 사이에 다른 종류가 끼어
벽으로 차단되어야 하나
지금 당장 쓸모없는 건 모두 사라져
쓸모있는, 끼리끼리만 남아 몰살되기
적합한 환경이 조성되었다.
그래 전염병에 견디도록 유전자 변형을 하고
더 강력한 항생제와 살충제를 들이붓는다.
악순환의 연속이다.
인간만 그 순환 고리에서
자유롭기를 바라는 건 너무 뻔뻔하다.
원인 제공자이기 때문이다.

실은 당장 쓸모없는 게 장기적으로
엄청 쓸모있는 건데도
지금 필요에 포함되지 않아 가차 없이 버려진다.
지속적인 삶을 위해 중요한 게
사라지고 있는데도
눈 하나 까딱하지 않는다.
서서히 숨통을 조여와
실감하지 못하기 때문이다.

그러나 곧 실감할 날도 속속
우리를 향해 돌진하고 있다.

모든 건 필요해서 만들어진 것 같은데

여자는 남자가 다른 여자를 만나도 대수롭지 않게
남자보다 더 생각한다.

그러나 남자는 여자가 자기 말고
다른 남자 만나는 걸 더 못 견뎌 한다.
아마도 혼자 독점하고 싶은
욕망 때문인 것 같은데
그러나 그게 전부인가.

이 감정은 여자는 애를 낳아도 반드시
자기 애라는 확신이 있지만
남자는 그 여자가 낳은 애가 자기
애라는 확신이 없다.
이건 질투라는 감정 이전에
자기 자손 번식이라는 본능이
먼저 작용한 건 아닐까.

그래서 힘으로 세상을 지배한 남자가

제도를 만들어 일부일처를

먼저 만들었을 것 같다.

목마른 사람이 우물을 파는 법이다.

그렇다면 여자가 지배하는 세상이었다면

아마 자유연애를 제도로

권장하지 않았을까.

비명을 지를 때

아무런 대비도 없이 갑자기 위험이 나를 덮칠 때
순간, 나는 흠칫한다.
눈앞에서 강렬한 빛이 머리를 스친다.
그때 입에서 나오는 말은?

"엄마야?"
"아빠!"
"할머니."
"나의 아저씨!!"
이건, 부르는 게 아니라 외침이다.

이들을 찾는 이유가 뭔가.
왜 하필 그를?
의식의 밑바닥에서 잠자던 것을
끌어올린 것이다.
누가 시켜서가 아니라
스스로 외치는 비명이다.

너무 어려 의지(意志) 이전일 때

무방비로 위험에 노출되어 있을 때

세상에 내 전부였고

거대한 산이었고 바다였던 존재

신(神), 그 자체였던 존재

내가 힘들 때 달려와 주고

아플 때나 무서운 꿈을 꿀 때 가만 나를 내려다보던

지성껏 간호해주던 존재

다시 위험이 나를 엄습하면

나와 떨어져 있어도 순간적으로 불길한 기운이 그의 앞을 스
친다.

그 순간, 그는 헉! 하고 허리가 꺾인다.

어느 순간에도 나를 놓지 않고

곁에 있어 줄, 바로 그 사람

내가 믿고 사랑했던 사람!

내가 세상과 처음 만날 때

가장 먼저 나와 눈이 마주친 사람이리라

나와 몸이 아직 분리되지 않았으리라

이제!

나와 한 몸이 아니란 걸 알게 되었다.

그는 세상에 없다.

나는 가장 슬픈 사람이 된다.

사는 과정도 중요하다

인간은 목적이 없으면 못산다.
그냥 태어났으니 사는 거라 하지만
일단 인간으로 태어난 이상
목적이 없으면 살기가 어렵다.
희망이 없으면 스스로 명을 끊을지도 모른다.

이건 인간으로 태어난 팔자이고 업보인 것 같다.
그렇게 진화되어 온 것이다.

실은 지금과 삶이 고통이며 하루도 진정으로
편안한 날이 없다.
뭔가 새로운 성취가 이뤄져 잠시 기뻤다가
새로운 걱정거리가 또 생긴다.

그러나 이런 걱정거리를 매달고 가는 인생이니
앞으로 좋아질 가망이 없다면
지금의 이 어려움을 어떻게 버티나?

그런 희망도 있어야겠지만
지금을 사는 과정의 묘미와 행복
그리고 지난 후의 즐거운 추억 되새김도
인간에겐 반드시 필요한 것 같다.

희망도 꿈도 없으면 안 되고
그 어려운 과정을 밟아나가는
과정도 인간에겐 다 필요한 것 같다.

세상, 참!

일말의 양심 때문에
자기 목숨을 끊어버리는 사람들이
저렇게 죽고 그러면 나머진 좋게 말하면
강하다고 할 수 있는데
실은 이들은 그런 지경까지 갔는데도
그 자리에서 내려오지 않는 걸 보면
단순히 강하다고만 할 수 없다.
차라리 감정이 증발해버린 소시오패스나
나아가 사이코패스에 가까운 인간들 아닐까?

종국에 가선, 마지막 양심이 있어 착한 사람들은
저렇게 다 죽어버리고 소시오패스 비슷한 인간들로
세상을 다 뒤덮는다면, 생각만 해도
지옥도가 그려져 모골이 송연하다.

이런 말도 있다.
사회에서 어느 분야서건 정상(頂上)에 있는 인간들은

일단은 정상(正常)은 아니고
소시오패스에 가깝다고 보면
크게 틀리지 않는다는 말.

인간적인 이들이 있어 그나마 세상이 따뜻해지는데
이들이 더 오래 살고, 사이코들은 단명했으면 하는 게
솔직한 바람이다.
왜냐면
전자는 그들 때문에
다소나마 온정이 있어 세상이 살만하겠지만
후자들은 온통 폭력으로 세상을
물들일 것이기 때문이다.

그들이 위에 있는 한
양심이 아닌, 자기들 이익만을 위해
자리를 보전할 것이기에
세상과 모두를 위해
하루속히 그 자리에서 끌어내려야 한다.

인간으로 태어났으면 인간적인 게
가장 좋은 거 아닌가.

아무튼 함께

예전 부락에선 장애인도 마을에 녹아
자연스럽게 섞여 살았어요.
장애인이건 비장애인이건 그냥 생긴 대로
그 모습 그대로 살아간 겁니다.
생긴 대로, 그 모습 그대로
하나하나 다 가치가 있었어요.
더 낫다거나 고쳐야 할 거라 생각도 못 하고
살았어요.
같이 살았지
서로를 가르지 않았습니다.

요즘은 장애인 시설이 들어오면 집값 떨어진다고
반대하고 장애 아이를 둔 부모는
그들에게 무릎을 꿇고 눈물로 호소합니다.
이런 모습을 보고 자란
아이들은 어릴 적부터 큰 상처를 입습니다.

전엔 하나의 공동체로 장애인도

그 모습 그대로 섞이며 묻혀 살았어요.

아무튼 함께, 있는 그대로

공동체의 한 일원으로

자연스럽게 녹아 살아갔던 것입니다.

너는 장애인, 나는 비장애인 이렇게

구분하지 못했고 그저 다 같이

한 사람으로 보았던 겁니다.

예전 마을에선

한 집에서 설기와 시루떡을 하면 집마다 돌렸어요.

초상이 나면 모두가 그 집에 모여

상주가 입을 삼베옷을 깁고

염장이는 망자의 몸을 정성스레 씻기고 펴서 염습하고

마을에 외따로 있는 곳집(여긴 대낮에도 오금이 저려 얼씬도 못

하던 곳인데도, 모두가 배고픈 때라 서리한 닭을 여기에 쟁여뒀

다가 한밤중에 관뚜껑을 열고 명석 짜고 새끼꼬던 사랑방으로

가져와 삶아 먹었지요.)에서 오동나무 관을 가져다

꽃상여를 장식했어요.

뒷집은 소두방을 붉은 흙벽돌에 걸고

무를 썬 면으로

들기름을 휘휘 두르고 파전과 배추전을 부쳤어요.

마을 장정들이 구정물을 먹여 기른 돼지를 잡고

이때 돼지 멱따는 소리가 온 마을을 휘감았어요.

한쪽에선 큰 가마솥을 걸어놓고

순댓국을 끓였지요.

왠지 들뜬 아이들은 돼지 오줌보로

넓은 마당에서 공을 찼어요.

그 장면들이 지금도 눈에 선합니다.

이런 곳에서

같이 어우러지며 산

장애인은 자신의 장애조차

의식 못 하고 산 것 같아요.

지금은 이게 꿈에서나

가능하겠지요.

언론관은 중요하지 않은 게 아니다

언론의 자유를 최우선하는 게 언론관인 것과
언론이 앞뒤 없이 팩트를 파헤쳐 결국 골치 아프고
도움이 안 되기 때문에 언론 플레이에나
이용할 만하다고 생각하는
것과는 같지 않다.

공동 목표인 민주주의 발전을 위해 서로의 역할을
중히 여기는 것과 자신의 프로파간다로
써먹을 궁리나 하는 것하고는 도저히 같을 수 없다.

이렇게 하나 저렇게 하나
현실은 별 차이 없더라도
'무릇 언론이란 이런 것이다.'라는 언론관을
제대로 갖는 게 중요하지 않을 수 없다.
그건 언론의 나아갈 방향과 존재 이유이기 때문이다.
이를테면
목표가 평화인 것과 전쟁인 게 어떻게 같을 수 있나.

그 끝은 평화 대 전쟁이기 때문이다.

언론과 권력은 지하철 선로 형태를
유지하는 게 가장 좋다.
서로 치우침 없이 힘의 균형과
긴장을 유지하는 평행선
좁아지면 정언유착(政言癒着)이 되고
너무 멀어지면 정치적 무관심으로 이어져
독재가 고개를 들 수 있다. 탈선이다.
한쪽이 높거나 낮으면 열차가 전복되어
대형 사고로 모두가 불행해진다.

더 나아가,
현재의 상태와
이상의 괴리가 클수록 좋은 정부라 할 수 있다.
현실의 어려움에도 불구하고
우린 우리가 추구하는
궁극을 향해 나아가야 한다.
그래야 인간의 존엄도 지킬 수 있다.

위선적인 게 더 낫다

PC(Political Correctness) 하면
위선적이라 한다.
'정치적 올바름'을 주장하는 게 더 위선적으로
보이는 것은 사람은 다 같이
먹고살기 위해 현실을 사는 모습은
비슷하지만 더 큰 불일치로 PC 한 게 더
위선적으로 보이기 때문이다.

결과적으로 아예 대놓고 위악적인 것보다
현실에선 비슷하더라도 뭔가 좋은 쪽으로
나아가려고 노력한다는 점에서
위악적인 것보단 덜 해롭다.
남 앞에서 공개적으로 한 말도 있어
인지부조화 때문이라도.

이태원 유족 모임

진짜 슬픔은 나중에 온다.
깊은 슬픔을 안은 사람은
소리 내어 바로 울지 않는다.
좀 지나 어느 날부터 큰 슬픔이 파도처럼
밀려오고 그게 평생 사라지지 않는다.
그걸 피한다는 건 말도 안 되고
애도의 단계는 반드시 거치게 되어 있다.

그동안 유가족 모임이 만들어지지 않은 게
이상할 정도다.
아, 그건 또 그들 연대의 방해 요소가 있었기 때문이다.
누가 유족인지 서로 연락이 안 된다.
유족 개별 접촉 등 현 정권이 조장한 면도 있고

좀 꺼렸던 유족들도
거기서 자신만 빠지면 "죽은 자식에게
못할 짓을 또 하는 건 아닌가." 하고

이제라도 모임에 가입한다.

그게 막는다고 되는 것도 아니고….

책임자에게 진정한 사과를 자꾸 요구하는 것도

자기 자식들이 그렇게 취급되어도 될 죽임이

아니란 말을 듣고 싶어 그런 것이다.

유족 주변에 자기 말을 들어줄 사람이 없다.

나와 같은 처지의 사람을 만나

속 시원히 털어놓고 싶은데

만나지 못하게 한다.

이런 소리만 들린다.

"서양 귀신의 날에 왜 거길 가선?"

"그런 것들은 보살펴 줄 필요 없어!"

"나라 구하다 죽었냐?"

나를 비난하고 혐오하는 사람들.

그러니 자기를 이해해줄 사람은

역시 같은 유족들밖에 없다는 걸 깨닫게 된다.

자기 마음을 알고 함께 울어줄 사람은

거기서 자식을 잃은 자신들뿐이라며

만나 서로 눈물 닦아주며 다독여야
애도의 다음 단계로 넘어갈 수 있다.
개별적인 정신과 치료가 아니라
일단 서로 만나 부둥켜안고 실컷 울어야 한다.
왜냐면 서로를 진정으로 이해해주고
공감, 치유해줄 사람은 사실 같은 일을 겪은
유족들뿐이기 때문이다.
나머진 다 헛소리다.

아, 여기서,
정권은 왜 유족들을 개별적으로 만나려 하나.
뭐 하려고?
회유하기 위해서다.
마치 반도체 기업에서
방사선 노출로 백혈병을 앓는 노동자에
대한 상황과 비슷하다 할 수 있는데,
"이렇게 해야 이 정도 보상이라도 받지
그렇지 않고 유족회에 가입하면 서로
좋을 게 없습니다."라는 협박성 통보를
날렸을 것이다.

어디서 많이 본 그림이다.

또 정권이 개별 협상을 선호하는 이유는
보상도 보상이지만 유족들이 단합하고
연대하면 언론의 집중포화를 받게 되고 이건 또
위에서 좋아하는 그림이 아니고
현 정권에 대한 부정적인 이미지가
증폭될 것이기 때문이다.
유야무야 덮겠다는 거다.
유족에 대한 공감이나 애도의 모습은
그 어디에서도 찾아볼 수 없다.

인간에겐 야비한 면이 있다

예쁜 애가 자신이 예쁘다는 걸 모르는 척하는 게

사람들과 특히, 여자들과 그래도 같이 어울리는 비결이다.

자신이 예쁜 걸 너무 잘 알면

한 마디로 재수 없는 것이다.

우리는 뭔가 안 좋은 것을 외면하기를 바란다.

그걸 굳이 꺼내는 사람을 별로라 생각한다.

분명히 그 글은 인기가 없을 것이다.

지금 쓰고 있는 이런 글.

싸이가 서양에서 인기가 있는 것은

촌스럽고 그가 동양인의 단점을 갖고 있기 때문이다.

그가 만약 동양인의 장점을 갖고 있다면

그의 노래가 과연 그렇게까지 인기가 있을까?

그는 바로 서양인에게 동양인은 이렇게 촌스럽게

김정은처럼 생겼다는 것을

광고해서 너희는 미개하다는 걸 그를 통해

동서양이 같이 목격하게 만들었기 때문에

인기가 있는 것이다.

톰보이 스타일이 남자들에게 인기 없고

여자들에게 인기 있는 이유는

남자들에겐 여자로서의 특유의 매력이 없기 때문이고

여자들에겐 자기의 강점을

그는 확실히 넘보지 않을 것이기 때문이다.

남자는 여자가 예쁘면 뭐든 용서된다.

예쁘고 그녀가 이상형이면

뭘 하든 다 관심이 가고 열광한다.

여자에겐 그는 더이상 경쟁자가 아니기 때문에

나를 안심하게 만들기 때문이고

인간은 이렇게 복잡하다.

가려 안 보려는 것을 굳이 꺼내는 글은

사람들을 긴장시키고 골치 아픈 생각을

하게 만들기 때문에 별로 좋아하지 않는다.

그냥 가볍게 웃어넘기는 걸

대개 사람들은 더 선호한다.

심각한 걸 좋아하지 않는다.

인간은 내 맘대로 안 된다

인간 세상이 그렇게 내 마음대로 되는 게 아니다.
그들도 나와 생각이 비슷하다고 생각하고
내 진심과 순수를 그들이 알아 내가 원하는 방향으로
어느 정도 바뀔 수 있다고 생각한다.

그러나 그건 순진한, 실현 불가능한 생각이다.
사람들은 처한 입장과 처지가
다 다르기 때문에 내 입장에 대해 깊이
생각할 여유와 겨를이 없다.
사랑하는 사람도 상대가 사랑스러워
바뀌는 척하다가 좋았던 시간이 지나면
자기 본래 모습으로 돌아간다.
그게 그에겐 지속되는 편안함이고
본래부터 가진 기질이기 때문이다.

사람은 내 뜻대로 안 되는 것을 알고
서서히 접근해 가야 성공 가능성도 있다.

이상을 펴려면 현실의 냉혹함을 뼈저리게 알고
어느 정도 내가 힘을 얻어 내 말발이
설 때 펴도 늦지 않다.
안 바뀌는 상대의 성격과도 타협하고
그걸 내 것과 시너지 낼 생각을 하고
활용하는 게 현명하다.

더 중요한 건 초심을 잃지 않는 것이다.
현실이 내게 협조 안 함을 개탄하는 것보다
그리고 이상을 펴는 것보다 더 중요한 건
초심을 잃지 않는 것이다.
대개의 인간은 힘을 좀 얻으면 간사해져
처음에 가졌던 이상을 버리고
그것을 펼 생각도 안 한다.
자기가 경멸했던 현실에 젖어 간다.

인간은 비슷해야 오래 간다

어릴 적엔 아무것도 모르고
친하다가 하나가 출세하고 사회에서 잘 나가
자신은 감히 그럴 엄두가 안 나면
그렇게 친했던 둘은 다신 보지 않는다.
안 출세한 사람이 마음을 돌려버린다.
같이 있으면 자신이 초라하기 때문이다.
(아, 그러나 여기서 중요한 거,
안 출세한 사람은 다른 방향으로
출세하면 된다. 출세의 길은 많다.
다른 방향으로 자신의 재능과 매력을 맘껏 펼쳐라!)
아, 그런데도 냉혹한 현실은
팩트가 우리 앞을 막아선다.
대개의 사진에서,
언제나 예쁜 애 옆엔 예쁜 애만 있다.
말라깽이 옆엔 젓가락 몸매만 있는 거고
어떤 계기로 둘이 심하게 싸우고 더이상 살아 있을 때
안 보고 죽을 수도 있다.

이 세상에서 그것으로 끝.

그러다가 다시 자신과 처지와 환경과 생각, 가치관 등이

비슷하면 또 혼자는 살 수 없으니까

이젠 그와 친하게 지내며 여생을 보낸다.

배우자도 자신과 이상하게 다른 사람에게 끌린다.

나는 도저히 그걸 못하겠는데

아무렇지도 않게 하기 때문이다.

반대로 상대도 나를 그렇게 봤을지도 모른다.

이건 남녀 간에 상대가 더는 안 되는 뭔가를

아주 쉽게 하는 것과도 같다.

남녀 간에 서로 상대가 베일에 싸여 있다.

그래서 남녀를 향한 드라마나 영화가

그것에 대해 계속 우려먹어도

질리지 않는 것이다.

남녀 간엔 서로

캐도 캐도 결국 모르는 영역이기 때문이다.

인간은 비슷해야 상대가 용서가 되고

이해가 되어 그냥 넘어갈 수 있는

사이여야 배우자로

평생을 같이 가기 쉽다.

끼 많은 연예인이 평범한 일반인과 살기 힘들고
이혼 사유에서 성격 차이가 많은 것도 이래서다.

배우자든 친구든 나중에 늙으면 남는 건
자신과 비슷한 사람이다.
그러니 자신과 비슷한 사람을 홀대하거나
얕잡아 봐선 안 된다.
자기와 같이 가고
자기에게 더 살아가게 하는 힘을
그가 내게 줄지도 모르기 때문이다.

인간의 적나라함

역시 감정은 중요한 거고
아무리 얘기해도 안 통하는 게 있다.
이때 이들에게 얘기해봐야 아무 소용이 없다.
그냥 내 일만 하면서 지내는 게 속 편하다.
그 에너지로 마음 맞는 사람과
돈독히 지내는 게 훨씬 낫다.
여기서 교과서적인 걸 들먹인다고
이 앞의 말들이 흐려지는 건 아니다.

생각이 다른 게 아니라
보는 시점이 다른 것이다.
누가 책임감이 더 강하느냐에 따라
일의 방향도 달라진다.
아니 그런 자발적인 용어를 떠나서
과연 누가 최종 책임을 지느냐에 따라
일의 방향이 달라진다.
전체 그림을 못 보거나 책임감이 없는 사람은

그냥 앞에 주어진 일만 한다.
주인 의식이란 게 별거 아니다.
책임감이 주인 의식이다.

그리고 누구나 자기가 최고인 줄 알고
있다는 것도 알고 있어야 한다.
사람은 아무리 스타리도
다른 사람에게 그 삶을 살 거냐고 물으면
그냥 자기 인생을 다시 산다고 말한다.

책임 있고 많이 근무한 사람은 안다.
사고가 났을 때 가장 먼저 따지는 게
과연 규정대로 했느냐 매뉴얼을 지켰느냐
하는 거다.
가능하면 편법이나 변칙은 적게 적용해야 한다.

그리고 인간은 겉으로는 수긍하지만
속까지 수긍하는 경우는 많지 않다.
그 속을 알려면 그의 배경을 봐야 한다.
인간은 사회적 동물이라

그 주변과 역사에 많은 영향을 받는다.

상대가 자기를 반대했다면
그가 아무리 논리적으로 말해도
거의 그의 말을 인정하지 않는다.
우선은 무조건 반대다.
자기를 부정했기 때문에 괘씸한 거다.
이처럼 인간은 결정적인 순간엔
이성보다는 감정이 앞선다.
남에게 전할 때도 상대의
논리적임은 빼버린다.
그러면서 그는 말이 통하지 않는 사람이라고
남들 앞에서 말한다.

그리고 이건 언제나 진리인데
다른 먼 나라 간의 사람 죽이는 전쟁보다
당장 자기 손 밑의 가시를 빼는 게
더 급하고 더 신경 쓰인다.
인간은 자기가 우선이다.

인간은, 특히 자신감이 너무 넘치는 사람일수록
자기가 다른 사람이나 이 사회에 영향을 많이 미쳐
자신이 바라는 방향대로 바꿀 수 있다고 생각한다.
그러나 그건 거의 불가능하고
사람은 본래의 자신과 다른 사람이 되기도
거의 불가능에 가깝다.

재수 없다

재수 없다는 우선 뭐든 자기가 밑에 있고
위에 있는 사람에게 하는 말이다.
이 말은 자신도 실은 되고 싶지만 되지 못하는 경우에
자신과는 전혀 다른 세계에 사는 사람에게 한다.

이런 사람은 일반인과 다르기 때문에
드라마 주인공으로는 잘 안 나온다.
주인공을 괴롭히는 라이벌로 등장한다.
지나치게 예쁘거나 키가 크고 날씬해서
일반인에게는 잘 없는 경우다.
만약 이런 사람이 주인공으로 나오면
시청률을 장담 못 한다.
잘못하면 방송국도 재수 없게 된다.

재수 없다는 말은 자기가 그러고 싶으나
도저히 그럴 경우는 없어
나에게 절망을 주는 대상에게 주로 한다.

여우가 먹을 수 없으니까 포도가 실 거라고

말하는 경우와 같다고나 할까.

그러니까 흔한 사람이 흔하지 않은

그러나 선망하는 대상에게 하는 욕이다.

그런데 욕을 하면서도 자신도

그렇게 되려고 한다.

인간은 위에 있다고 자신이 판난한 것을

무의식적으로 추구한다.

강남을 욕하지만 강남에서 살고자 한다.

그러나 결국 그렇게 절대 되지는 못한다.

만약 자신도 노력해서 될 거라면

재수 없다고 말하지 않는다.

진정 원하는 걸 말해줘라

그를 아끼고 그와 잘 지내고 싶으면
그가 겉으로 하는 말과 달리
진짜 원하는 것을 캐치해
그걸 콕 집어 말해주면
자기가 원하는 대로 된다.

예를 들어
상대가 여친과 사이가 틀어져
"걘 나와 안 맞는 거 같아."라며
그녀에 대해 안 좋은 소리를 하더라도
아직은 그의 마음이 그녀에게 기울어져 있고
다시 잘해보려는 마음이 조금이라도 비치면

"지금 헤어지는 건 아닌 것 같다. 너희들 사랑하잖아."라고 하
면
그와 더 잘 지낼 수 있다.
그런데 그의 말만 듣고

"헤어질 결심! 잘했어."라며

같이 욕을 하면 상대는

자기 마음을 몰라준다며

진짜 자기 심정을 이해하지 못한다며

다신 대화를 시도하지

않을 것이다.

왜냐면 만나봐야 자기를 다시 힘들게 할 게 뻔하고

별 도움이 안 되는

사람이라고 결론을 내렸기 때문이다.

그런데 속으로

진짜 마음을 접으려는 단계에 접어든 경우도 있다.

그의 마음이 지금 어디에 비중이 있나 파악하고

그가 망설이는 듯하면

옳은 결심이라고 해주면 그는 용기를 얻어

과감히 행동에 옮길 것이다.

사람은 자신이 진정 원하는 것을

격려해주고 지지해 주는 사람을 좋아한다.

바라는 바가 제각각인 요즘 세상에 더 그렇다.

그런데 남의 마음이 지금 어디에 있는지

파악하기란 여간 어려운 게 아니다.

내 마음이 아닐뿐더러 그게 자꾸 변하기 때문이다.

하여간 지금 상대의 마음 위치를 파악해 그걸 지지해 주면

상대는 나를 좋아할 것이다.

특히 힘들어하는 사람에겐

그게 잘 잊히지 않을 것이다.

'그때 날 진정 이해한 사람은 그 애밖에 없었어.'라며.

충고는 어떤 때 하는 걸까

충고를 함부로 하면 안 된다.
왜냐면 자기와 상대가 지향하는 바가
다를 수 있기 때문이다.
생각 없이 충고를 히면 꼰대가 돼다.
꼰대는 상대를 잘 알지도 못하면서
자기가 좋을 거라고 생각하는 것만
상대에게 강요하기 때문이다.

그럼, 충고는 언제 하나?
상대의 방향을 아주 잘 알고 그 방향을
상대가 자기에게 충분히 얘기해 줘서
그가 그 방향과는 다른 방향으로 가는 것 같으면
그 방향을 다시 상기해 주며 그것을 향해 가려면
지금 그런 식으로 하면 좋을 게 없다고 말해주는 거다.
(말 안 해도 서로 염화시중(拈花示衆)의 경지까지 가면 더 좋고)
물론 상대가 지향하는 바를 선험자(先驗者)로서
자기가 이미 어느 정도

이뤄놓은 상태일 때뿐이다.

그러면서 거기엔 반드시 상대를 고무시키는

응원의 메시지가 담겨 있어야 한다.

만일 작가일 때 자기는 지금 통속소설로 성공한 케이스이고

상대는 본격소설을 지향한다고 말했다면 그에게 지금

그런 순수 소설 문법을 사용하면 작가로서

성공하지 못한다고 말하는 것은

좋은 충고가 아니라

자기를 합리화하는 꼰대의 소음에 불과하다.

그리고 상대가 순수문학을 지향하고 돈은

그냥 부수적인 것이지 그걸 향해 자기는

가고 있지 않다는 취지의 말을 그가 하면

자기가 문학으로 돈을 좀 번 케이스라면

자기 식으로 한, 방법을

(그가 돈을 목적으로 쓰진 않는다고 했고 그가 나중엔 변할지 모르지만, 여하튼 그는 지금 그러하므로, 전의 자기처럼 그도 순진하고 뭘 몰라 그런 것 같더라도 지금은 그게 그의 뜻이므로, 지금의 그를 존중해서, 그가 그것으로 자기만의 독자적 지평을 열

수도 있기 때문에)

그에게 충고랍시고 하면 안 된다.

지금은 상대와, 문학으로 성장하려는 방식과 방향이

자신과 다르기 때문이다.

자기와 그가 그 방식과 지향이 거의 비슷하다고

상대와 자기가 서로 인정한 때만이

충고가 서로에게 좀 가능하다고 할 수 있다.

충고는 결국 서로에게 진정 도움이 될 때만 해야 한다.

그래야 진정한 충고다.

나머진 자기 자신을 위한 것에 불과하다.

그런 충고는 결국 내가 너보다 낫다는

자기 자랑에 지나지 않기 때문이다.

표현의 자유의 기준을 어디에 둘 것인가

보통은 내가 무슨 말을 해도 표현의 자유라는 입장에서
허용되어야 한다고 말한다.
그 말을 듣고 상처받는 사람이 분명 있지만
그것보다 더 위인 표현의 자유의 입장에서
내 말은 존중되어야 한다는 것이다.
그러면서 상처받는 상대가 하는 말은 또
현 사회의 건전한 발전을 위해 막아야 한다고 한다.
자기가 하면 표현의 자유이고
그 상대가 하는 것은 이 사회의 유지 발전을 위해
무한히 허용돼선 안 된다고 한다.

누구 입장이냐에 따라 같은 것도 달리 해석되니
지금의 기득권이나 지배층은 그들의 말이
약자나 소수자 입장에서 상처를 받을 수 있으면
비난받아 마땅하다.

소수자나 소외자, 약자, 아웃사이더 입장에서 봤을 때

상처받을 수 있는 발언이면

사회에서 제지당해야 한다.

그 기준은 약자가 보는 기준으로

표현은 제재됨이 마땅하다.

휴머니즘은 사라져야 한다

인간 중심적인 사고가 결국
인간을 죽음으로 몰아넣는다.
너무 인간만 생각하니
다른 것에 소홀해 그들이 모두 멸종위기이니
인간도 다 같이 죽게 되었다.

이 지구는 인간만 살게, 살아남게
설계되지 않았기 때문이다.
인간만 남는다는 것은, 아니 벌써 그 이전에
인간만 남기 이전에
이미 인간은 멸종된다.
인간은 절대 다른 종보다 끝까지
살아남지 못한다.
그 이전에 다 죽는다.

인간이 살아남는 방도는
인간 중심적인 좁은 세계관에서

벗어나 더불어 사는 그래야 결국
인간도 살아남는다는 세계관으로의
혁명적 사고 전환이 필요하다.
인간도 자연 속의 일부로
봐야 한다.
인간이 모든 것 위에 있다는
생각(만물의 영장)의 고수는
다 같이 죽자는 거다.

나만 살면 모두
죽는다.
너무 인간, 인간 하다
결국 이렇게 된 것이다.
걸핏하면 인간을 앞세우니까
세상이 이 지경이 된 것이다.
인간을 앞세울수록
오히려 인간 대접을 받지 못한다.
존재하는 모든 게 소중하다고
생각해야 인간끼리도 존중한다.
이제 기승전 인간, 닥치고 인간이

잘못된 생각이란 걸

알아야 한다.

공감과 동정

공감은 누구나 좋아한다.

그러나 동정받는 건 싫어한다.

공감은 뭔가 자기편 같고

동정은 그 시선이 나를 무시하고 얕잡아 보는 것 같다.

공감은 나와 같은 위치에 있다고 느낄 때 드는 맘이고

동정은 그가 내 위에 있다고 느낄 때 드는 맘이다.

공감은 받는 거 없이 기분이 좋고

동정은 받으면서도 뭔가 기분이 찝찝하다.

공감은 비슷한 걸 겪어봐야 생긴다.

자존감이 바닥일 때 이 둘의 차이가 적나라하게 드러난다.

이때, 공감은 나를 다시 일어서게 하지만

동정은 나를 더 우울하고 비참하게 만든다.

공감은 비를 같이 맞아주는 거지만

동정은 우산만 빌려주는 것이다.

그 우산은 꼭 돌려줘야 할 것만 같다.

공감은 상대와 같은 위치에 있어

그와 같은 곳을 바라보지만 분명히
동정은 자기가 상대의 위에 있다고 확신하면서
너와 나는 엄연히 다르다고 선을 긋고
상대를 가련히 여긴다.
속으로, '너처럼 살기는 싫다.'
'너 같은 건 감히 내 위치를 넘볼 수 없다.'
그의 모습을 보며 나는 위로받는다.

공감은 겪은 것에서 받은 느낌이 비슷하고
절대 상대를 가엾게 여기지 않으며
가엾게 여기더라도 그 마음은 나를 향한 마음과 같다.
아이 엄마여야 아이 엄마들이 왜 그러는지 안다.
이제 그에게서 내 모습을 보기 때문이다.
그가 슬프면 나도 슬프고, 그가 기쁘면 나도 기쁘다.
공감하면, 조용히 다가가 그를 안아
토닥여 주고 싶다.

공감은 분명히 상대에게 힘이 되면서
그 힘은 나를 향한 것이기도 하다.
그러나 동정은 절대 상대와 같이 가지 않으려 하며

너와 나는, 가는 길이 달라 상대에게 하는 말은
위로가 아니라 충고에 가깝다.
같은 팩트라도 자기가 하는 말과
남으로부터 듣는 팩트는 같지 않다.
"이렇게 입으면 나이 들어 보이지?"와
"응? 좀."은 다르다.
위로는 공감과 통한다.
공감은 사실을 말하면서도
애정을 담아 응원한다.

상황에 따라 동정은 언제라도 휘발되지만
공감은 언제나 함께한다.
공감은 나뿐 아니라 상대에게도 좋고
동정은 모두에게 나쁘다.

기회 박탈 불안

다이소 같은 데 가서 우리는 우리가 찾는
물건이 있는 위치를 이미 알면서도
사람들이 많이 모여 있는 장소를 기웃거리며
자기가 찾는 물건을 거기서 찾으려 한다.
그건 아마 내가 찾는 물건을 그들에게 기회를
빼앗길 것 같은 조바심 때문일 것이다.

그 사람들이 다른 곳으로 흩어지면
그때서야 그곳엔 자기 물건이 없다는 걸 깨닫고
자신이 이미 알고 있는 장소로 이동해
자기가 사려는 물건을 손에 쥐고
카운터로 향한다.

헬스장에서도
자기가 선호하는 운동기구에 사람이 많으면
다른 걸 하다가 자리가 빌 때
하면 되는데 아무것도 안 한 채

속으로 씩씩거리며 그 자리가 비기만을 기다린다.

그러면서 애먼 운동기구에 화풀이해서

쾅쾅 놓아 사람들의 시선을 자기에게로 모은다.

서점에서도 마찬가지다.

자기가 찾는 책이 있는 장소를 이미 알지만

괜히 사람들이 많이 모인 곳을 먼저 본다.

이것도 단순한 호기심(이 호기심조차도 근저엔 기회를 잃을 것

같은 두려움의 소산 아닐까, 그런 걸 보면 인간에게 이는 모든 감

정은 바로 타인이 원인일 것 같다. 만약 처음부터 타인이 없고

이 세상에 나 혼자만 있다면 이렇게 시시때때로 이는 감정도 만

들어지지는 않았을 것 같다. 인간에게 이는 모든 감정의 원천은

자기 주변에 있는 타인 때문이 아닐까. 혼자라는 외로움도 타인

이 있다가 사라져야 생기는 감정 아닌가?)일 수도 있지만

자기만 기회를 잃을까 하는 두려움의 소산이리라.

모처럼 친구들을 만나면

다 유럽 여행을 갔다 왔다고 하는데

알고 보니 나만 안 간 거다.

이게 또 기회를 잃을까 하는

불안으로 작용한다.

유럽이라는 이름만 빼고

사실 다른 곳이나 별반 다를 것도 없는데

특별한 견문이나 큰 깨달음이 오는 것도 아닌데

그 여행에서 나만 뭔가 얻지 못한 것이 있을까 하는

근거 없는 불안이 작동한다.

오히려 그런 것보단 솔직히 자기 자랑하고 싶고

그들과의 대화에서 소외될 것 같은

두려움이 더 크게 작용했으리라.

길가에서 소리를 지르며 사람들을 모이게 하고

물건을 파는 행위도 바로 이런

인간의 기회 박탈 심리를 이용한 것이리라.

확실히 사람이 많이 모인 곳은

물건이 더 잘 팔린다.

나와 드라마 주인공은 같은 종류

대개의 여자 주인공은
흔히 보이는 인물로 나온다.

미스트리스에서 한가인이 그런 것이다.
이보영도 그렇다.
김희애도 가정이 있는 여자로서 그렇다.

가정주부에 아이가 있고 남편은
안정적인 수입이 있는 인물이다.
그러니까 평범하다.

이들은 시청자 자신이다.
그래서 이들의 말과 행동에
시청자들이 관심을 안 가질 수가 없다.
그들이 곧 자신이라 생각하기 때문이다.

드라마는 이들을 중심으로
극적인 국면들이 앞으로 전개된다.

남 말대로 한다

누구나 칭찬하면 더 가꾼다.
"피부에서 윤기가 나, 네 목소리 매력적이야,
넌 항상 눈이 반짝반짝해,
사람 말을 잘 들어주는 묘한 재주가 있어."
그러면 피부 관리에 힘쓰고,
말하기 전에 목소리를 가다듬고,
눈 건강에 투자하고,
남의 말을 더 경청하려고 노력한다.
그러나 욕먹는 곳은 그냥 방치해 버린다.
"뚱뚱해 보여."라고 하면
다이어트를 포기하고, 되는대로 산다.

여배우가 늙었는데도
자연스러운 노화를
그냥 안 두고 자꾸 성형해서 흉측하게
변하는 건 그래서다.
남이 자꾸 예쁘다 하니까

너무 관리가 심해 그런 것이다.

선생이나 부모가

"이것도 성적이니?"

"성격이 왜 그래?" 하면

더 공부를 안 하고

위악적으로 행동한다.

선생이나 부모에게

말대로 함으로써 어떤 보복을 가하는 것이다.

'그래, 네 말대로 사니 보기 좋아?' 하는 것이다.

감수성이 한창 예민할 때 그런 칭찬이나

비난을 들으면 그게

사람에게 박힌다.

인간은 사회적 동물이다.

그 사람을 아낀다면

안 좋게 보이는 것에 오히려 칭찬해주면

그 사람은 그것에선 본전은 한다.

"거기서 운동 좀 하면 존예 되겠어."

너무 깨끗하면 자살한다

왜 집권하나?
사소한 걸 묻어두려 그런 것이다.
그리고 자동으로 묻힌다.
그러나 나중에 이빨 빠진 호랑이가 되면
그것이 겉으로 드러난다.
그래서 시끄러워지고
마음이 약한 자들은
그대로 목숨을 끊는다, 노무현처럼.
그런 사악한 것들에게 말려들어
자기 소중한 목숨까지 끊을 필요는 없는데

그래도 양심 있고 깨끗하게 살았다고
자부하는 자들은 그걸 견디지 못하고
스스로 생을 마감한다.
그래서 오래 살아 원래 뜻을 실현하려면
평소에 너무 깨끗하면 안 된다.
더럽게 살면서도 자기 이상을 놓지 않으면 된다.

그렇게 하지 않으면

나중엔 보수 꼴통 같은 철면피나

사이코패스들만 살아남아

세상을 뒤덮을 것이다.

돈도 좋지만

빈살만은 형제들을 죽이고
쿠데타를 일으킨 자다.
그리고 비판 기사를 쓴 기자를 잔인하게
살해해 토막 내 버렸다.

석유 증산 때문에 바이든이 고개를 숙이고
갔다가 미국 정신으로 도저히 용납이 안 되어
다시 국제적 왕따를 시키려 한다.
러시아, 중국, 미국이 석유 때문에 함부로 못 하니까
사우디도 유가가 폭락할 땐 이런 대접을 더 이상
받지 못할 걸 아니까 두바이 비슷한 다른 걸로
계속 그런 대접을 받으려고 용을 쓰는 걸
우리가 나서서 도와주는 꼴이다.
살인자이자 독재자를 돕는 거나 마찬가지다.
그리고 냉정히 말해서
나라가 아닌 개인이 펼치는 사업이라
경기나 정세에 따라 투자금을 온전히 회수할지도 의문이다.

이것 가지고는 안 되겠는지
2030 부산 엑스포를 사우디 리야드로
맞바꾼 것 아니냐는 설도 나돈다.

이래도 되나?
일본은 나라의 품격과 가치를 우선해
받아들일 수 없다며 그의 제안을 거절했다.
그런 사정도 모르고 일본이 빈살만에게
패싱당했다며 환호성을 지르고 있었으니

물질적으로 풍요하다 해서
선진국 소리를 듣는 게 아니다.
국격을 추락시키는 천박함을 버리지 못한다면
선진국 진입은 요원하다.
자긍심이 바닥난 이런 허약한 기반에선
나라가 비실비실하다 사라질 수도 있다.
사라지기 전에도
당당하고 떳떳하게 살지도 못한다.
무엇보다 아이들에게 뭐라 가르칠 건가?
"돈이 다." 할 건가?

이미 산교육을 화려하게 펼쳤으니

교육 효과만은 확실히 증명된 셈이지만

현
상

몰랐었는데

남자뿐 아니라 여자도 남자와
잠자리를 생각하지 않고
그를 좋아하지 않는 것 같다.

남자만 그런 줄 알았다.
남자는 그 여자와 섹스를 하고 싶은
생각이 안 들면 사귀고 싶은 마음도 사라진다.
어느 드라마에서 봤는데 여자도 그렇단다.
그 남자와 잠자리에 대한 생각이 떠오르지 않으면
연애하고 싶은 마음도 안 든다는 것이다.

여자와 남자는 다른 성(性)으로서
다른 면이 더 많다고 생각했는데
같은 인간이니 같은 면이
더 많은 게 당연하겠지만

문자 좀 그만

지자체나 지하철 타고 지나가는 구에서
뭐 엄청 걱정하거나
선심 쓰듯 '추우니까 단단히 입고 출근하라'고
여기저기서 문자가 폭탄처럼 쏟아진다.

이런 건 전엔 안 그랬었는데 왜 갑자기
생각해주는 척, 이 정권 들어선 그러는지 모르겠다.
다 문자 공해고 쓰레기다.
날씨야 뉴스나 인터넷 치면 금방 나온다.
문자 오면 고마운 게 아니라 짜증부터 난다.

정작 이러면
수신 거부를 해놓은 사용자는
전쟁, 지진 등 중요한 정보를
놓칠 수도 있다.

제발 이태원 같은 멀쩡한 사람이 안 죽게

그런 것에나 신경 쓰고 그들에게 공식 사과하고
책임자나 얼른 그 자리에서 끌어내라.

그런 건 못 들은 척 나 몰라라 하면서
느긋하게 문자 보내는 거
사람 약 올리는 짓이다.
실실 웃으며 사람 괴롭히는 기다.
정작 국민이 바라고, 중요한 건 안 하고
엉뚱한 짓거리만 하고 있다.

문제들

조직이 경직되어 있다.

마약과 성추행 형사도

질서유지와 지원 요청을 했어야 했다.

경직되어 경찰의 본분인

국민의 생명과 안전을 외면했다.

그런데 조직의 경직은

위에서 그렇게 만든 측면이 있다.

여전히 검사의 시각이다.

세상일을 다

법으로 다룰 수는 없다.

원활하게 돌아가게 하려면

법보단 정치가 유리하다.

사실 꼬인 걸 풀라고 정치가 있는 거 아닌가.

아무 때나 법을 들이대면 더 꼬인다.

정치는 법을 넘은 단계다.

공감력이 떨어진다.

말투부터 이상하다.

"여기서 그리 많이 죽었단 말이지?"

꼭 사건 다루듯 한다.

이건 배당된 사건이 아니라

어떻게든 부여안고 가야 할

바로 내 일인데도 말이다.

국민이 아니라 권력만 보고 있다.

여기서 위험 조짐이 보이면

절규를 묵살할 게 아니라

최고권력을 묵살했어야 했다.

사람에 깔리는 고통

사람에 깔리는 고통은
그 공포감이 장난이 아니다.

80년대 서슬 퍼렇던
전두환 신군부 시절, 군 충정훈련[2]에서
사람에 깔리는 훈련을 받은 적이 있다.
군 생활 통틀어
가스실에 다섯 번 들어갔는데
그것보다 사람에 깔리는
체험은 내게 아직도 절대 치유되지 않는
트라우마로 남아 있다.
그래도 군에선 조교들이 이만 됐다고
제지할 희망이라도 있지

---

2 충정훈련   80년대 군에서 하던 '시민 데모 진압 교육'인데 사람에게 깔려 얼
    마나 버티나 시험하는 훈련도 받았다. 시민군과 진압군으로 나눠 훈련했는데
    밀리는 쪽은 무자비한 얼차려가 기다렸다. 그 당시엔 전투경찰만 충정훈련을
    받은 게 아니라 전 군이 모두 충정훈련을 받았다.

그게 실제 상황이라면….

상상만 해도 숨부터 막혀온다.

사람 밑에 깔리면 숨도 쉴 수 없고

이대로 죽을 수도 있구나 싶어

공포와 고통을 호소하려

살려달라고 아우성쳐도

소리는 한마디도

밖으로 나가지 않고

팔다리는 꼼짝할 수조차 없다.

마치 꿈속에서 가위에 눌려 옴짝달싹 못 하는

상황이 지금 현실에서 나에게 벌어지고 있다는

생각으로 절망감이 엄습한다.

그러면서 내 위로 계속 사람이 쌓이고 있고

이들은 전혀 내 고통을 모르는구나, 하면서

(일부는 장난삼아 웃기조차 한다)

내가 여기서 살아나가기만 하면

이들부터 죽여버리고 싶은 분노까지 인다.

두려움과 분노는 같이 오는 것 같다.

차라리 감정이 없는 물건에 깔리면

억울하지나 않지

나처럼 감정이 있고 믿었던 사람에게 깔리며

살아남으려 발버둥 치는데도

어떤 소리도, 움직임도

외부로 알려지지 않고 죽어가는 고통은

말로 다 표현이 안 된다.

※ 태풍, 지진, 테러, 화재 대비 시민 행동 요령도 중요하지만, 축구 경기, 한류 콘서트, 핼러윈 축제처럼 예측 못 한 사람들의 물결로 압사하는 일도 지하철에서 발생할 수 있으니 압사 예방과 사고 시 대처 요령 홍보도 필요할 것 같다.

생각 없는 세상

지금 세상이 정상이 아니고
뭔가 제대로 돌아가지 않는데
이것에 가장 흥분해야 할 대학과 대학생이
가만히 있는 게 더 정상이 아니다.

이런 현상을 누가 만들었나?
생각 없는 세상을?

아마도 책을 안 읽고 사고력이 떨어져
그런 것 같은데 독재자가 맘대로 해도
그냥 멀뚱히 지켜볼 것만 같다.
나하고는 상관없다며.
독재자가 가장 좋아하는 모습이다.
생각 안 하는 세상의 암담한 앞날이다.

세상이 어떻게 되려고?

갓난아기를 싣고 다니는
유모차들은 지하철에서
저 구석으로 알아서 숨어다닌다.
내가 다 안쓰러워 아기를 보려고
눈길을 주면 엄마가 눈을 피한다.
꼭 죄인처럼 얼굴을 땅에 박고
누가 볼 새라 분주히 유모차를 밀고 간다.

그러나 개를 실은 유모차는 너무 당당하다.
개 기 안 죽이려고 그러는 건지
사람이 다니는 인도를 마치 전용 견도인 양
사람이 와도 절대 꺾지 않고 앞으로만 직진한다.
그 서슬에 놀라
피해 주고 보면 아이가 아니라 개가 있어
괜히 피해줬다는 억울한 생각이 든다.
"그래도 내가 사람인데…"

개가 아닌 애를 유모차에 싣고 다니는 여자는

유행에 뒤처진, 힙하지 못한

외계인이나 짐승처럼 대하는 분위기다.

세상이 어떻게 되려고 이러나?

시골서 살다가 때가 되면 죽고 싶다

시골 가서 농사나 지으며 아니면
남의 집 농사일을 도우며 새경 받는 머슴처럼
사는 것도 좋을 거 같다.

조용히 숨통을 조여오는 미세먼지, 발악하는 소음
숙면의 폭군 심야 조명
좋을 게 하나도 없는 도시에서 뭐하러 사나?
때가 되어 죽으려고 해도 119에서 실어 가고
원하지도 않고 의사들 실력 자랑으로 기만 살려주는
고통 속에서 병원비나 쓸데없이 자꾸 내고
자기 몸도 못 가눠 잠도 푹 못 자고
자더라도 개운하지도 않아
삶의 질은 점점 떨어지고
오랜 병에 효자 없다고 자식들도 귀찮아하면서
잘못하면 자식을 간병 살인자로 만들고
무슨 희망이 있어 연명하나?

죽을 때가 되면 자연법칙에 따라 죽어

자연으로 돌아가는 게

어쩌면 잘사는 비결이다.

그러니까 옛날처럼 살다 가는 거.

실은 본분 지키는 게 가장 잘하는 거다

자기 본문을 지키는 게 좋은 거 같다.
나는 사실 안정 직장을 이용해
내가 좋아하는 책과 산다.
그러니 남이 보기엔 안 좋은 모습이다.
인정하고, 그걸 각오하라.
나를 남은 안 좋게 본다.
그러나 나는 전업 작가의 능력은
안 되어 안정 직장을 다니며 책에 몰두한다.

나는 구두 닦는 사람이
구두를, 입 다물고 구두만 잘 닦았으면 한다.
그게 그들의 고유한 본분이라고 생각한다.
한눈을 팔면 그것보다 더 꼴불견도 없다.
미용사가 머리만 잘 깎으면 됐지
정치 얘기나 돈 얘기를 하면 짜증 난다.
그럼 미용을 때려치우고 돈에 투신하지, 한다.

나도 그러면서 내가 직장에 다니며
책에 빠지는 걸 좋게 봐달라고 생각하면
나도 염치가 없고 남의 생각을 읽지
못하는 인간이다.

정치인은 정치를 잘하면 되고
의사는 사람을 잘 고치면 된다.
딴 맘을 먹으면 안 된다.
본분을 잘 지키는 게 일단은
가장 좋다고 본다.

근데 또 사람인지라
그게 잘 안 된다는 것도
알아야 한다.

쓸데없이 비싼 이유

대부분이 비싼 게 소비자에게 좋아
비싼 게 아니다.

냉이는 구하기 힘들어 다른 나물에 비해
맛있지도 않으면서 비싸다.
구하기 힘들고 재배가 어렵기 때문이다.
즉, 인건비가 많이 든다.
생산비가 많이 든다는 얘기다.

그리고 연극이나 뮤지컬이
영화나 드라마에 비싼 것도
디지털로 무한 재생이 안 되어
그들의 노고에 대한 비용을
관객이 무는 것이다.

이렇게 보면 가격은
소비자가 정하는 게

아니라 결국 공급자가

정하는 건 아닐까.

그들의 어떤 사정이

값에 반영되는 것이다.

현실에선 엑스트라 말이 맞다

드라마에서 주인공은 특별한 경우다.

그래야 극적이라 사람들이 본다.

자신은 지금 그렇지 못하지만 생각은

그랬으면 하는 걸 주인공이

드라마에서나마 대신 실현해 준다.

그걸 보며 일종의 카타르시스를 느낀다.

그래서 주인공에게 박수를 보낸다.

분명한 건 실생활에서

누구라도 따르는 게

그 속에서 엑스트라들이 하는

말과 행동이다.

그게 일반적이고 보편적이다.

주인공이 하는 건

보편적이지 않고 특수한 경우다.

드라마 작가는 일반적인 현상을

주인공 주변 인물에게 맡기기 때문이다.

그들을 통해 현재의 실상이나 문제를 알린다.
그리고 현실은 드라마처럼 우연이 흔치 않다.
친했으나 연락이 두절됐던 오랜 친구에게
갑자기 연락이 오는 일은 현실에선 잘 없다.

문제와 실상은 엑스트라의 몫이고
방향과 목표는 주인공이 맡는다.

너무 그 같은 드라마를 많이 보면
마치 주인공이 하는 게 실생활에서도
보편적인 거라 착각할 수도 있다.
그래서 자기도 현실에서 흉내 내본다.
반드시 실패한다.
현실을 너무 안이하게 봤기에
현실은 만만찮은 철옹성인데도

진짜 바꾸려면
이런 엄혹한 현실을 반드시 염두에 두고
잊지 말고 자기 것을 실현하도록
노력해야 한다.
주인공이 하는, 그것을.

여자와 아줌마

여자는 뭔가 사연 많고 세련될 것 같은 느낌이다.

그러나 아줌마는 흔하디흔한 누구의 엄마다.

여자는 개인주의자이고

아줌마는 집단주의자다.

여자는 대개 유명인이라 겉만 그럴듯하지

아줌마처럼 실속은 없다.

여자는 남자가 자주 바뀌지만

아줌마는 평범한 가정주부다.

여자는 성공한 커리어우먼이고 사회적 명성을 얻었거나

생각이 첨단을 달린다.

그러나 아줌마는 아이들 학교 보내고 남편 챙기고

모여서 시끄럽게 수다 떤다.

여자는 대개 혼자 여행하고 페미니스트이거나

비혼주의자이고 비건주의자이고

자기 세계에 빠져 지금의 틀을 못마땅하게 여기는

대개는 혼자 산다.

물론 생각이 오픈되어 있지만

그도 인간인지라 외로움까지 숨길 순 없다.

아줌마가 더 잘 웃고

여자는 뭔가 차분하면서도 심각하다.

불 꺼놓고 혼자 흐느껴 우는 게 여자이고

다른 식구들에게 악다구니를 퍼붓는 게 아줌마다.

여자는 대개 자기 관리를 잘하거나 아니면

타고나기를 슬림하지만

아줌마는 펑퍼짐해 남자들의 관심 밖이다.

여자에게 풍기는 신비감 때문에 남자들이 어떻게 해보려고

접근하지만 몇 마디 말을 섞어본 뒤

남자의 생각이

너무 천박하다는 걸 알고 사람으로 취급도 안 한다.

여자는 노트북 화면에 시선을 고정하고

아줌마는 TV 드라마에 시선을 고정한다.

여자도 아줌마들처럼 자신도 평범하게 살려고 하지만

천성과 운명이 그래 그렇게 못한다.

아줌마는 여자의 생활을 겪어보지 않아

나도 다 던져버리고 하루라도 저 여자처럼 살고 싶지만

지금의 현실에서 벗어나는 것에 겁을 먹고

실제 행동으로 옮기진 못한다.

이건 우리 문화에만 절어 수동적으로 얻어낸

이미지만을 끼적인 것에 불과하다.

누구 삶이 더 낫다고 판단한 게 아니다.

다만 그것보다 더 나은 삶은

자기 생긴 대로 생활에 충실하며

나름대로

자아를 실현하는 삶이 아닐까 한다.

영화는 초반이 좋다

내가 드라마나 영화를 많이 봐서 아는데
그것들은 초반엔 볼만하다.

그러나 중반으로 갈수록 글리세가
느껴져 그만 본다.

그것은 초반에 그래도 현실을 사실대로 표현한 것 같은
리얼리티와 개연성이 느껴지는데
중반을 넘어서면 감독의 주장과
주제를 향해 가야 해서 그런지
작위적인 게 막 나타나기 시작해
뻔한 내용이 전개된다.
시청자의 요구를 들어줘야 하기 때문이다.
나는 그쯤에서 꺼버린다.

이상적인 삶만이 가치 있나?

세상의 조언은 쉬운 쪽으로 가라고 한다.
그 결혼이 자기 행복을 방해하면
그 결혼을 빨리 없애라고 하고
안 그런 사람을 마치 잘못 산 인생처럼
본보기로 삼는다.

자식도
쉽고 요령 있는 길로
고생 안 하는 길로
가라고 부모는 가르친다.
그럼, 거기서 나오지 못하고 허우적거리는 사람은
전부 잘못 산 인생인가?
그가 선택해서 그럴 수도 있고 누구처럼 자기만의
뜻을 실현하기 위해 뛰쳐나올 용기가 없어
주저앉아 사는 사람도 있을 것이다.
그러면 모두 잘못된 삶이고
자기 뜻대로 사는 것과 많이 차이가 나는

인생이란 말인가?

솔직히 자기를 실현하며 자기 뜻에 따라
사는 사람이 얼마나 되겠는가.
그건 실현 불가능한 이상에 불과할지도 모른다.
비록 처지 때문에 자기 인생을 다 실현하지 못했더라도
그들의 인생이 모두 부실없다고는
생각지 않는다.

그들은 살며 나름대로
노력했고
모두 다르게
자기 인생이란 게 있기 때문이다.

인간 중에 편견을 갖지 않은 인간은 없다

모든 게 그렇다.

자기가 몸담고 있지 않은 세계는

다 싫어하게(적어도 좋아하진 않게) 되어 있다.

이것도 실은 자기중심적인 사고에 불과한 것이다.

인간으로 태어난 이상 자기중심에서 벗어나기 힘들다.

모두가 편견 덩어리다.

자기 편의대로 생각한다.

모든 인간은 정치적이다.

편견이 있다.

자기 입장과 자기 취향이란 게 있다.

왜 그런가?

인간이 사고(思考)하기 때문이다.

그래 정치적이 되어 편견을 갖고

각자 취향을 갖게 된다.

이게 없으면 실은 인간을

인간의 범주에 넣지 않으려는

인간도 있다.

좋으니 남에게 하라고 하지 마라

모든 걸 자신들의 이론에

억지로 끼워 맞추려는 게 문제다.

그냥 그들이 그 상태가 좋거나 행복하다고 여기면

그렇게 그냥 살게 둬야 한다.

내 이론이 아무리 좋아 보여도 그들이

그걸 수용할 능력이나 시기가 안 되면 헛수고에 불과하다.

사람은 그래서 생기대로 사는 것이다.

우선 뭐든 이게 전제되어야 한다.

뭐든 그가 필요해 다가와 좀 달라고 할 때 외엔

자기 이론을 그에게 구겨 넣으면

그는 절대 받지 못한다.

그가 받을 준비가 되었을 때만 주면 된다.

그보다 더 좋은 건

그가 필요해 요구할 때

죽는 날

몸이 무거울 때가 있다.
중력으로 몸이 다 땅으로 내려가는 것 같다.
피부들이 다 땅으로 내려가 보기 흉하게
몸이 거울에 비치는 것 같다.

그 중력에 반해 위로 솟구치는 힘이
떨어져 땅으로 다 내려가면
그는 생명을 다해 이제 죽을
날만 기다리는 것이다.

중력에 반해 뻗침이
바로 살아온 세월이다.
이제 더 이상 솟구치는 힘이 다
바닥날 때가 죽는 날이다.
더 이상 길항작용이 안 나타날 때.
아무 데서나 방귀를 북북 뀌고
오줌 냄새가 팬티에서 진동할 때.

병원에서 죽을 때가 되면

집에 가고 싶어 한다.

그는 마지막으로 행복했던 때와

편안했던 때를 다시 맛보고 싶은 것이다.

그러나 이미 늦었다.

결국, 그는 가지 못하고 거기서 죽는다.

누가 죽어가는 사람을 집으로 보내줄까.

통
찰

개인은 권위에 무력하다

삼성이나 애플이 만든 핸드폰이

잘 안 될 때 내가 조작을 못해서 일단은

생각하고 그걸 잘 조작하려고 무진 애를 쓴다.

그러나 그 괴물 기업이 만든 핸드폰에

버그가 있을 수도 있다는 생각은

일단은 안 하고 내 탓만 한다.

기꺼이 나를 거기에 끼워 맞추려 한다.

권위에 미리 겁을 먹고 스스로 짓눌린다.

컴퓨터에서 윈도우 설정이 잘 안 되거나

한글 문서 작성 시 표 만들기가 잘 안 될 때 내가 뭔가

미숙하다고 먼저 생각한다.

그 OS나 워드프로세서 내부 서브루틴에서

오류가 있을 수도 있는데도 말이다.

그래서 디벨러퍼들이 버그를 잡겠다고

패치를 하는 거 아닌가?

이처럼 개인은 지금 판에 깔린 거대한 시스템의 결함은

생각 못 하고 나를 우선 닦달하는 경향이 있다.

지금 보편적으로 쓰이는 시스템의 기능을 먼저
익히는 건 중요하다.
그래도 내가 그것에 최대한 맞췄는데도 안 되면
그것의 결함에 대해 한 번 생각해 봐야 한다.
너무 권위에 짓눌리면 나만 고생이고
나중엔 더 큰 것에서 같이 추락할 수도 있다.
그것에 대한 의심도 동시에 멈춰선 안 된다.
지금 돌아가는 판에 심각한 결함이 있을 수도 있다.
그것과 함께 바다 심연으로 떨어질 것인가?

나누자

나눠야 할 것 같다.

일시적으로 인상에 남는 걸 해 보는 거나
내 삶과 함께 오래 지속되는 거를.

폭발하는 감정이나 사랑 같은 건 일시적이지만
자기 기질이나 먹고사는 문제,
그래야 생명을 부지하는 건 오래 하는 것일진대

관계에서도 오래 같이 살면
연민이 생기고 의리가 생기고
자신과의 관계도 오래이니
자기연민도 오래 지속되는
거에 속하는 것 같다.

전자는 이 또한 지나가리라 이고
후자는 내 삶과 함께하는 것이니
받아들일 수밖에.

나는 그렇게 큰 존재가 아니다

뭘 하려면 효과나 결과를 생각하며 해야 한다.
이걸 왜 하는지 생각하며 해야 한다.
그리고 말을 너무 많이 하면 전달하고자 하는
핵심을 듣는 사람이 알아듣지 못할 수도 있다.
지하철에서 너무 많은 전달사항으로
지저분하기만 하고
시인성이 떨어지는 것도 그와 같은 이치다.
나는 전달했고 이제 공은 너에게 넘어갔으니
네가 책임지라는 면피용에 불과하다.
상대방이 이해했는지가 중요한 게
아니라 전달한 사실 자체가 중요한 것이다.
듣는 사람에 대한 배려가 없다.
왜를 생각하지 않고
자기 할 거와 지시받은 것만 하면 되는 것이다.
그러니 영혼 없는 공무원이란
모욕적인 소리를 듣는 것이다.

불안하거나 지금 정상이 아니라고
스스로 생각할 때는 행동을 멈추고
차라리 아무것도 하지 않으면서 차분하게
마음을 가라앉히는 시간을 보내는 게 더 현명하다.
불안한 가운데도 뭘 하면
자본주의 광고쟁이들과 사기꾼들의
먹잇감이 된다.

세상이 나만 열심히 한다고
잘 되는 것도 아니다.
그게 오히려 화근이 되어 큰 사고를 불러올 수도 있다.
생각하는 대로 살지 않고
그냥 사는 대로 생각하니까
이태원 같은 대형 사고가 자꾸 일어나는 것이다.

자기가 뭐든 기준이라고 생각하는
오만한 사고방식의 발로이다.
나는 사실, 이 세상에 별 볼 일 없는
존재에 불과하다.

나와 같은 사람의 말에 감동한다

글처럼 자기가 지금 너무 사랑하고
그것에 다른 사람이 아무것도 모르면서
비난하면 화가 나고
그게 맞는 말 같으면 절망한다.

그런데 내가 그렇게 될 사람이고
멘토 같은 사람이 용기를 내라고
버티면 언젠가는 빛을 볼 수 있다고 위로를 하면
하염없이 눈물이 난다.

고맙고 그와 동지애가 싹 터
그를 더 멘토로 모시게 된다.
그의 말은 이제 신처럼 내게 다가온다.

누구든 자기가 지금 하고 있고
그걸 계속할 것에 대해
그도 나와 같은 길을 걸었고

어느 정도 고찰이면 그의 말은
천금과도 같은 값으로 내게 다가온다.
아무것도 모르는 사람이 영혼 없이
하는 말은 하찮다.

남을 이해하긴 쉽지 않다

남을 이해하기 힘들다고 한다.

사실 그렇다.

이 이해는 수학 공식을 이해하는 것하고는 다르다.

상대의 이해에 가까이 가려면

우선 그를 아껴야 한다.

그가 나에게 소중해야 한다.

그의 존재만으로 나에게 힘이 되어야 하고

그의 말과 행동에 저절로 공감이 가야 한다.

그를 보면 나를 보는 것 같아야 하고

그가 생각하는 거

그의 처지가 나와 비슷하다고 생각해야 한다.

사는 방식과 가치관도 비슷하고

앞으로 추구하는 바도 비슷해야 한다.

그와 같이 있을 때 그가 나에게 힘이 되는 것 같고

괜히 즐거워야 한다.

그를 사랑하면서 동시에 존중해야 한다.

그가 편하면서도 그러면 막하니까
거리를 두려고 해야 한다.
이런 마음이 내 마음에 자리 잡고 있어
내 말이나 행동으로 저절로 나와야 한다.

이러니 어떻게 남을 이해하는 게
쉽다고 할 수 있겠나.
그러나 결국 그는 내가 아니므로 아주 조금만 이해할 수 있다.
그 조금도 내 착각일 수 있다.
나는 그를 이해하는 것 같다며….
그를 이해하려고 노력하고 있다는 게
더 맞을지도 모른다.

안 좋은 건
자신은 남을 이해할 수 있으며
이렇게 자기 기준에서 남을
대하는 자세다.
차라리 남은 참 이해하기 쉽지 않다는

전제를 가진 사람이

남을 더 존중한다.

남을 이해하긴 어렵다.

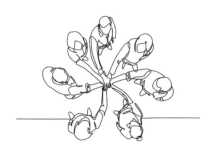

내가 곧 우주다

하는 일이 나라 단위로 크다고
그 하는 일도 고상하거나 큰 것도 아니다.
더 치졸할 수 있다.

내가 우주고 우주가 곧 나인 것이다.
그래서 나는 안방에 앉아서도
세상을 알 수 있다.

나를 잘 알면
곧 세상을 안 것과
같다.

다시 필요해진 컨트롤타워

있다가 없거나 부족하면
그걸 외치게 되어 있다.
그렇지 않으면 그걸 의식하지 못해
있는지조차 모른다.
기후 위기도 그렇고
생물 다양성도 그렇다.

실은 있는지조차 모르는 게
좋은 것이다.

너도나도 행복을 외치는 건 지금
불행하다는 증좌다.
융합을 외치는 건 스페셜리스트만 많아
세상이 원활하게 돌지 않으니까 그걸 통합하는
제너럴리스트가 필요하다는 얘기다.
자기 분야 전문가들만 즐비한 가운데
그 틈을 메꾸는,

윤활유 같은 사람을 갈구하는 것이다.

문제는, 배울 만큼 배운 이들
스페셜리스트들은
자존심이 세서 또 그들이 속한 분야만이
모든 것을 해결할 수 있다고 고집을 부린다.
해결의 실마리는 거기서 나오는
데서 시작되는데도
사고를 막지 못한 건 너무 자기 분야에만 빠져
전체를 컨트롤하는 사람이 없기 때문이다.

옛날엔 농사짓고 물고기 잡고
돼지 닭 기르고 대장간에서 연장 고치고
소 잡고 물건 내다 팔고
사람 죽으면 장사 지내고 하는 전문가들이
문제가 생기면
연장자나 원로를 찾았다.
지금과 반대로
전문가들은 하위직이었고, 일반직은
선비처럼 행세하며 고위직이었다.

컨트롤타워인 마을 선비들이

다시 필요한 시대가 왔다.

지금의 공동체에서도 이들이 필요하다.

마을에서 선비처럼 존경받는 융합자가

반드시 필요한데도 너무 전문가만 외쳐온 결과다.

이들이 없으면

대형 사고가 일어나지 않는다고

누가 장담할 수 있을까.

방법과 방향에 균형을 맞추자

지금의 행복과 나아갈 방향을
같이 생각해야 하는데
지금만 너무 생각하니
문제가 풀리지 않는 것이다.

방법을, 방향을 잊지 않으면서, 해야 하는데
방법에만 치우치니 방향을 놓치기 쉬운 것이다.

달을 보지 않고 달을 가리키는
손가락만 보니
지금 하는 일까지도 진전이 없는 것이다.

사람이 먼저다

다 이단이다.
처음엔 다 이단이다가
세력이 커지면서
거기서 벗어나는 거다.
그러다가 자기가 정한 것 외에
이상한 소리를 하는 것들이 깐족거리면
사이비라 탄압한다.
말씀에 따른 탄압이라
그 작업은 거룩하고도 신성하다.
개구리 올챙이 적 생각 못 한다.

인명 살상에 대한 인간으로서의
죄책감은 싹 없고
너무나 떳떳하고 당당하다.
이건 신의 이름을 빌려 자기를
합리화한 것에 불과하다.
신도 진정 옹호할까.

신의 뜻을 자기에게 유리하게
확증 편향해 멋대로 해석하는 건 아니고?
오히려 그것에 반한 것이기 때문에
신을 모독하는 건 아닐까.

종교 때문에 조용할 날이 없다.
사람을 죽이고 전쟁을 하고,
종교도 다 사람이 만든 거 아닌가?
만들면서 양장한 두툼한 책 안에
좋은 말은 다 집어넣었다.
그런데 서로 잡아먹으려 하니
이런 모순이 또 없다.

솔직히 어떻게 사람보다 신이 먼저인가?
지금 사는 게 힘든 인간이 좀 버텨보려고
신에게 의지하려 만든 게 종교 아닌가?
이게 더 상식적이다.

사람 낳고 신 낳지
신 낳고 사람 낳나?

설렘은 삶의 활력

우린 어쩌면 여행 자체보다
그것을 준비하는 과정에 더
설렘이 있지 않은가.
어릴 때 소풍 전날, 너무 들떠
잠까지 오지 않았나?
"비야, 제발 오지 마라."

막상 닥치는 것보다 그것이
일어나면 어쩌나 하는 걱정으로 더 긴장한다.
그러나 실제 맞닥뜨리면 대갠
"할만하네. 내가 왜 그렇게까지 긴장했지?" 하고 안도한다.

우린 어떤 것을 이루려고 산다.
다 이루면 할 게 없다.
이젠 살 이유가 없다.

이걸 막으려고,

계속 살아가려고,

그래서 현실적으로 우리에게 욕심이라는 게 작용해

원했던 게 어느 정도 이뤄지면 더 낫다고

생각되는 것을 향해 또 가는 건 아닐까.

인간의 욕심이라는 게 기대를 걸고

더 살기 위해 만들어진 건 아닐까.

현실의 에너지를 공급하는,

삶을 살도록 추동하는….

존재하는 건 괜히 있는 게 아니니까.

그렇게 인간은 뭔가 이루려는 것을 바라고

그걸 얻고 성취하려 노력하며 사는 건 아닐까?

준비하고 기다리고 이루고자

노력하는 과정이 인간의 삶을 보다 더

풍요롭고 성숙하고 행복하게 만드는 건 아닐까.

그리하여 목표가 아닌 과정 자체를 즐기는 건 아닐까.

실은, 그게 삶의 전부가 아닐까.

이 과정이 적어도 우리 삶의 대부분을

차지한다고 할 수 있는데,

그렇다면 그 과정을 어떻게 요리하고

다루느냐에 따라 우리 삶도

많이 달라지지 않을까.

속인과 스님

한 평 암자에 앉아 수행정진하는
큰스님에게 속세의 온갖 어려움이 닥칠 때
속인(俗人)이 그를 찾아와
어떻게 했으면 좋을지 묻습니다.
그들은 세상에 나와 살지 않고
세상 물정도 잘 모르는데 말입니다.

여기에 "나는 안방에 앉아서도 천하를 알 수 있다."라고
한 노자처럼
나는 곧 우주이고 우주는 곧 나라는
프랙털 이론을 적용할 수 있겠습니다.
속인은 내 주변인 겉만 알고
스님처럼 내가 곧 우주라는 통찰의 경지에
오르지 못했기 때문일 것입니다.

여기서 속인과 스님의 차이가 뭘까요?
우선 스님은 속세에 섞이지 않고

("원래 사는 게 지지고 볶는 재미 아니겠어."

이렇게 말하면 할 수 없지만)

거기서 한 발짝 떨어져 있습니다.

벌어지는 현상을 객관화합니다.

어항 속의 물고기가

어항과 물고기를 동시에 보는 사람보다

물에 대해 더 모릅니다.

그리고 그 현상을 그냥 흘려보내지 않고

돌아가는 운영원리를 포착합니다.

통찰에 이르는 거지요.

어떤 세계든 그 모양은 대동소이하다

어느 곳이나 사람 사는 곳은 비슷하다.
교도소라고 별거 없다.
그곳도 사람 사는 곳으로서
밖의 세상과 별반 다르지 않다.

페미니스트의 세상도 다 사람 사는 것과
모양이 비슷하다.
그리고 장애인, 성 소수자, 유색인종 등 약자라고
모두가 선한 것도 아니다.
그곳도 다른 세상의 모양을 하고 있다.

지금 자꾸 분류하는 경향이 있는데
분류한 그곳도 사실은 사람 사는 곳과
그 모양이 비슷하다.

이건 어쩌면 인간 세상에서
진리에 가깝다고 할 수 있다.

어려워도 가끔은 세상을 보자

길거리에 눈이 쌓여 있으면 멀리 못 본다.
미끄러져 넘어질 것 같으니까
밑만 보고 조심조심 걷는다.

이처럼 지금 현실이 어려우면
나만 생각해 세상을 멀리 보지 못한다.
세상과 남에 대해 생각하려면
어느 정도 현실의 도움이 필요하다.

독재자들이 저처럼 멀리, 높은 세상을
못 보게 일부러 현실에 민중이
안주하게 하는 정책을 펴기도 한다.

지금 살기 힘들어도 가끔은
세상을 보기 위해 노력해야 한다.
그래야 결국 그게 나에게로 돌아온다.

안방에 앉아서도 세상을 볼 수 있다

수행 정진하면

왜 늙을수록 시간이 빠를까

시간이 20대는 20㎞로 가고 30대는 30,
40대는 40, 50대는 50으로 간다고 한다.
물론 물리적인 시간은 같은데
상대적으로 그렇다는 말이다.

내가 보기엔 이건
두 가지 이유 때문 같다.

하나는 나이 들수록
호기심이 줄어드는 것이다.
새로운 게 별로 없다.
그러니 자세히 안 보고 그저
"아, 저거 전에 봤던 건데, 별거 없어"
하고 만다.

10대 이전의 0대 때는 모든 게
처음이라 대상에 대한 호기심이 강해

그냥 지나치는 법이 없다.

부모가 아이와 갈 때 아이들은
부모처럼 갈 길만 가는 게 아니라
딴청을 부린다.
가다가 멈춰서 그것을 만져보며 신기해한다.
놀이공원에서 미아가 발생하는
경우는 대개 그 호기심의 대상이
아이와 부모가 다른 데서 비롯된다.
부모는 오직 목적지로 가지만
아이는 그 부모가 정한 목적지가
아니라 그를 부르는 다른 호기심 유발지로 향한다.
신기한 게 있어 갔더니 다른 곳에
또 다른 신기한 게 있는 것이다.
부모와 점점 멀어진다.

이처럼 호기심을 돌게 하는 대상이
나를 시간의 흐름에서 잠시 잡아놓고
흘러가지 않게 만든다.
그러니 같은 시간이라도 아이가 부모보다 길다.

그리고 두 번째는 나이가
들어갈수록 '귀찮다.'
사람은 왜 귀찮아할까.

몸이 예전 같지 않다.
그래 외부로 향할 게 자신에게로만 향한다.
모든 건 자기 위주여서
자기가 지금 안 좋은 상태에 있으면
외부에 신경 쓸 겨를이 없다.
"지금 내 코가 석 자야!"
자기 문제부터 해결하고 본다.
그러다 여유가 생기면 그제야 외부로도
가끔 눈을 돌린다.

그래서 시간을 좀 잡으며 살라고
시선을 들어 주변도 좀 보라고
주문하기도 한다.
그러지 않으면 꽃 만발한 봄과
단풍 든 가을이
언제 지나갔는지도 모르게 지나가 버린다.

겨울인 듯했는데 봄은 없고
벌써 찌는 듯한 여름이 와 있다.

극단적으로 아이는 자기의 존재를
모른다고 한다.
자기 자신은 없고 외부만 존재하는 것이다.
아직 자아가 형성되지 않은 것이다.
그래서 아직 완전히 독립하지 않은 미성년자가
죄를 지어도 벌을 면제받는 게 아닐까.

아이는 태어나면 자기 자신을 인식하는 게
아니라 어머니라는 외부 대상부터 인식한다고 한다.
어머니가 있음으로 해서 내가 있다고 생각하는 것이다.
어머니와 나는 뱃속에서처럼 아직도
붙어있다고 보는 것이다.
둘이지만 하나다.

20대 초반부터 인간은 벌써 늙기 시작한다고 한다.
몸의 퇴화는 귀차니즘으로 이어진다.
뭔가에 끌려, 호기심이 생겨 거기에 매달리며

그걸 전부 느끼는 시간은 이미 지났다.
귀차니즘은 나이와 비례한다.

귀차니즘과 호기심 결여는
마치 영화 필름에서 같은 동작은
그냥 지워버리는 것과 같다.
아이는 아직 지우지 않는 필름 그대로고
어른은 같은 동작을 지워버린 필름이다.
아이들은 같은 동작을 끝없이 반복한다.
그들에겐 하나하나가 다 신기하고 신난다.
그러나 나이 든 어른은
같은 동작을 참지 못한다.
반복하는 게 귀찮다.
따라서 귀차니즘은 같은 동작을
생략했기 때문에
시간이 길지 않다.

나이 들수록 호기심 결여와
귀차니즘으로 인해
시간이,
빨리 가는 것 같다.

사랑인가 정인가 대체 뭔가

내 마음을 항상 70퍼센트 점령하고 있어
그걸 누구에게도 양보하지 않는 사람이 있다.
나머지는 30퍼센트에서만 맴돌 뿐이다.

언젠가 무너지겠지,
시간이 지나면 다른 사람이
그 자리를 차지할 거라 생각했다.
이제 와선 그를 이길 사람은 없다는 걸 알았다.

아마 내가 죽기 전엔 어림없는 일이다.
그런 것과 관련된 슬픈 드라마를 한밤중에 봐
센티해져서 그런 줄 알았는데
그런 것도 아니다.
도대체 내 마음에서 떠날 생각이 없는 것 같다.
그는 시종일관 요지부동인데 나만 안절부절못한다.
그만 좀 하라고 내쫓아도 소용없다.
처음부터 내주지 말았어야 했다.

이제 어쩔 셈인가.

그런데 진실은 그의 점령을 내가 돕고 있다는 것이다.
그만 패배를 인정해야만 할 것 같다.

이야기는 힘이 세다

맥락과 서사는 인간에게 심대한 영향을 미친다.
인간 세상에서 이야기와 스토리텔링의 힘은 막강하다.

지금의 주요 미케팅 전략도 스토리텔링이다.
그래야 팔리고 명품에 이른다.
겉모습에 이야기를 입히는 것이다.
자수성가한 사람이나 출세한 사람이
자서전과 회고록에 목매는 이유이기도 하다.

흉악범에겐 서사를 입히지 말라는
말이 있다.
사람들이 그의 잘못을 잊고 그를 동정하는
잘못을 저지른다는 것이다.
가해자를 두둔하고 피해자를 오히려 공격한다고 한다.

영화와 소설에서 아무리 빌런, 악인이어도
그에게 이야기와 맥락을 입히면 그를 이해하고

동정까지 하게 된다.

이야기에 물든 관객과 독자는 기꺼이

그의 편이 되어 준다.

그가 목적을 달성할 때 위기에 처하면

손에 땀이 나고 그가 무사히 성공하길 바란다.

이야기가 그의 악행을 묻어버린다.

그를 추앙하고 심지어 따라 하기도 한다.

스톡홀름 증후군이다.

그러나 앞뒤 맥락 없이 거친 말을 하면

그 말을 한 사람을 공격하고 욕하고

절대 이해하지 못하다가 앞뒤 맥락을 이야기하고

스토리를 흠뻑 입히면

앞에 한 말과 '똑같이 거친 말'을 해도

이젠 전과 같이 욕을 하지 않고

고개를 끄덕이는 게 인간이다.

인간은 이야기에 약하며

이젠 서서히 그 이야기의 실체를

좀 아는 것 같기도 하다.

하도 오피니언 리더들이 지적하니까
그 폐해를 조금 알게 된 것이다.

그렇지만 인간은 역시 망각의 동물이라
그 이전에 벌써 악인의 이야기에 빠진다.
그게 자신을 교묘히 다루는 가스라이팅이고
그루밍인 걸 다시 망각한다.

이왕 태어난 거 어떻게 살아야 하나

살면서 나름 즐거워야 한다.

어떻게 하면 즐거운가.

사회에 협조하며 자기의 이상을 머리에 상상하며

즐거움의 영역에 진입하는 거

자기가 가진 걸 실현하는 거

남이 계산 못 하는 성과가 따를 것이다.

그리고 사회가 외면해도 자기 본능에 충실해야 한다.

의미 찾기나 인정 투쟁 같은 걸

추구하면 사람들이 비웃을지도 모른다.

이건 가치이기 때문에 보는 사람에 따라 평가가 달라진다.

시간과 장소에 따라서도 해석이 다르다.

그러나 그것으로 내가 좋으면 옳은 선택이다.

또한, 그건 엄연히 인간 본능이기 때문에

그게 만족 되면 사회에서 즐겁고 행복하다.

시기상조이거나 미성숙으로

외면받을 수도 있다.

분명 인간에게 내재 된 본능인데도

나도 한 인간이기 때문에 그걸 뛰어넘는

그 무엇은 공허할 수 있다.

그렇더라도 나만의 상상 속에서

내가 즐거우면 그뿐 아닌가?

그리고 나이가 들면 뭘 남기려고 한다.

자기에 대한 기록이다.

이렇게 살면서

자기가 과연 무엇을 해야 행복하고

또 그 결과로서 뭘 남기면 잘 살았다고 보는 것이다.

그 기록으로 남에게도 이게 잘 전수되면

난 인류에 필요한 한 인간이었다고 할 수 있지 않을까?

자기 연민이 나쁜가?

사람들이 나쁘다고 한 것에
왜 나쁜지 생각 안 하고
그저 나쁜가 보다 하고 그게 내 마음에
이는 걸 꺼린다.

자기 연민.
나는 그게 왜 나쁜지 모르겠다.
나쁜 건 자신감 결여로 주눅 들고
위축되는 것 같은데
사실 인간이 살면서 자신감이 항상 탱천할 수 있을까?
이것도 분노처럼 자연스레 이는 인간 감정일 뿐이다.

너무 자신감이 분기하여 안하무인, 오만방자하면
더 골치 아픈 일이 나를 기다릴 뿐이다.
대개의 문제는 자신감 결여로 좀 더 조심할 때
일어나지 않고
남들이 나처럼 못해 바보 같다고 생각될 때 일어난다.

그것으로 남에게 큰 상처를 주고
그를 적으로 돌린다.
그는 이를 갈고 있다가
나도 모르게 보복할지도 모른다.

역시 진정한 자기 성공과 성장은
자기 절제와 겸양에 있다.
자기 연민이 여기에 힘을 준다.

잠시 자기가 불쌍한 연민은
어떻게 보면
잠시 멈춰 목표를 향할 때
주변을 돌아보고 자기를 객관화해
성공 확률을 높이는
계기일 수 있다.
용기가 아닌 만용을 부리는 무모함에서
나를 구출한다.
전체 속의 자기를 보는 눈이 생긴다.
자기 세계에서 나와
세상을 바르게 보는 힘이다.

나를 한낱 우주 먼지로 보면서도

동시에 그 속에서 빛나는 주체적 자아로 보게 한다.

나는 그 속에 있을 때

마음이 가라앉고 기분 좋은 고독에 잠긴다.

차라리 자연스럽게 이는 감정을

떨치지 말고 받아들여

남을 불쌍히 여기는 대신

그 시간에 나를 불쌍히 여겨 나를 더 돌보는

계기로 삼을 수도 있다.

힘들면 힘들다고

잘 안 되면 잘 안 된다고

나 자신과 남에게 드러내는 것이다.

그 자체는 절대 나쁘지 않고 그걸 인정하려 들지 않아

자신을 불행 속으로 밀어 넣는 게 더 문제다.

자기에 대한 연민, 잠시 의기소침하고

자신감 결여는

큰 문제를 일으키지 않으면서

자기 속에서 나와

나를 하나의 타인으로

대하는 기회가 될 수도 있다.

그렇게 되면

타인에 대한 이해의 폭도 넓어진다.

자기가 힘들 때

남의 힘든 보습이

보이기 시작하기 때문이다.

진보와 보수

진보는 앞을 내다본다.
큰 거를 다룬다.
이를테면 기후 위기 같은 거.
보수는 지금을 계속 유지하려고 한다.
지금 먹고사는 거에 관심이 많다.
그러다가 한순간에 지금이
와르르 무너질 수 있다.

서서히 끓는 물에서 익어가는
개구리가 되는 편을 택한다.
진보는 익어가서 죽기보단 점점 뜨거워지는
물을 더 이상 데우지 않는 것이다.

어느 게 더 중요한가.
과거, 현재, 미래를 같이 보는 게 진보이고
지금의 편안함을 유지하고
기득권을 놓치지 않으려는 게 보수다.

지금 이대로 좋다고 지금을
유지하려고 하는데
그건 한순간 사라질지도 모른다.

선택은 지금을 사는 인간에게 달렸다.
지금보다 더 나아지려고 하는 게 보수이고
지금에서 멈춰 서서 과거와 현재와 미래를
동시에 보며
그 방향에 대해 생각하는 게 진보랄 수 있다.
진보는 PC(Political Correctness)를 향해 간다.

어느 게 더 낫다는 것보다는
다만 바라는 게 있다면
서로 장점을 취해
현재를 행복하게 사는 거 아닐까.

진심 어린 사랑만이 답

진단하면, 부모가 자식을 하찮게 대하면
자식은 하찮아진다.
그리고는 부모 보란 듯이 사고를 친다.
그리고 사고 책임을 부모에게 돌린다.

정부가 국민을 '사람이 먼저다'가 아닌
개돼지로 취급하면 개돼지처럼 굴고
그로 인한 책임을 정부에 묻는다.
이게 반복되니까 보수 정부에서
대형 인명 사고가 잦은 것이다.
누가 막 대하는 자기를 소중하게 대할까?

그 말을 한 상대에게
그 말대로 함으로써 "네 말대로 하니 보기 좋니?" 하며
나름 보복하는 것이다.
자식이나 국민이나 겉으로나 속으로나
한결같이 사랑을 줘야
자식과 국민의 마음이 돌아온다.

철학

사람은 수십 년간, 한 가지에 몰두하면

거기서 자기만의 어떤 철학을 얻는다.

나도 한때는 컴퓨터에 미쳐 컴퓨터 관련 자격증을

열다섯 개 정도 땄다.

그랬더니 컴퓨터는 어떤 것이란 걸 어렴풋이나마

파악하게 되었다.

컴퓨터는 사람 같다.

애정을 갖고 애지중지하며 다루면 말을 더 잘 듣는다.

창이 여러 개 띄워져 있을 때

원하는 창부터 실행하고자 하면

그 창의 맨 위를 클릭해 꽉 집은 다음 뱅글뱅글 돌리면

그 창에서 실행되던 작업이 다른 창보다 더 빨리 끝난다.

마치 사람이 졸거나 딴청을 부릴 때

뒤통수를 치면 하던 것에 다시 열중하는 것처럼

꼭 사람 같다.

도서 십진분류표에서 기본인 100에 해당하는

것이 철학이다.

그리고 대학 캠퍼스에서 가장 높은 곳에서

밑을 내려다보며 우뚝 서 있는 건물은

대개가 철학 건물이다.

모든 학문의 종착지이며 근본이란 말이다.

물리학, 사회학, 경제학, 생물학, 인류학, 문학,

언어학, 역사학, 종교학, 예술에 평생을 바친 학자는

종국엔 철학으로 귀의(歸依)하게 마련이다.

왜냐면 철학은 모든 학문을 아우르며

핵심과 본질을 다루기 때문이다.

철학은 이런 학문들을 돌아 돌아

마지막에 이르는 영역이다.

또한, 철학은 한 사람 인생의 총화(總和)다.

나고 자라고 늙고 병들고

마침내 죽음에 이른 말년에

자기 인생 역정을 반추하며

수렴된 자기 인생 철학에 그것들을 고스란히 담는다.

철학은 자기 인생을 집대성한 결과다.

"아, 내 인생이 이런 것이었나?" 하고

철학은 고유한 자기 인생에 대해

자신이 직접 도출해낸 종합적 견해랄 수 있다.

이럴진대,

철학은 절대 소홀히 할 수 없는 학문인데도

요즘엔 돈 안 되는 학문이라며 홀대받는 것 같다.

실은 지금 당장은 쓸모없는 것 같은 게

가장 쓸모있는 법인데도 말이다.

지금 세상 돌아가는 모습이 마음에 안 들고

뭔가 변화가 절실하다고 느끼면

철학을 소홀히 할수록

그것은 우리 곁에서 영영 멀어질 것이다.

현명한 삶의 방식

왜 안중근과 그 형제, 사촌이 끝까지
독립을 위해 싸웠고, 살아남은 자식과 아내는
속은 어떨지 모르지만
형식적으로라도 치욕으로 삼고 죽지 않고
왜 일본에 협조했는가?

그건 바로 이거다.
인간은 오래 버티지 못하는 특징이 있다.
처음에 분노나 호기심 때문에
그것에 열광한다.
그러다가 오래 지속되면 흐지부지된다.
일본이 그걸 아는지
안중근의 유족에게 끝까지 괴로움을 주면서
사과하게 만드는 데 성공한다.
안중근과 그 형제들은 처음의 분노 때문에
끝까지 자기의 뜻을 지킨 것이다.

우크라이나 전쟁에 모두가 관심을 갖고 분노했다.

그런데 지금은 안 그런다.

왜냐하면, 인간의 약점인

오래 하기 때문이다.

이유는 그것 하나뿐이다.

그러니까 인간은 결국 먹고살아야 하는 문제와

기질대로 지치지 않는 것에

승부를 거는 것에 온 힘을 기울이는 게

아주 현명한 삶의 방식이다.

그건 누구도 막지 못한다.

그래서 쓰겠습니다

펴 낸 날 2023년 4월 5일

지 은 이 이태식
펴 낸 이 이기성
편집팀장 이윤숙
기획편집 윤가영, 이지희, 서해주
표지디자인 윤가영
책임마케팅 강보현 김성욱
펴 낸 곳 도서출판 생각나눔
출판등록 제 2018-000288호
주   소 서울 잔다리로7안길 22, 태성빌딩 3층
전   화 02-325-5100
팩   스 02-325-5101
홈페이지 www.생각나눔.kr
이 메 일 bookmain@think-book.com